LES

IMPÉRIALES

ODES

PAR J. DEVELEY.

Gesta Dei per Francos, Francorum
autem per Napoleonem.

PARIS

GARNIER FRÈRES, LIBRAIRES-ÉDITEURS

PALAIS–ROYAL, 215.

1855

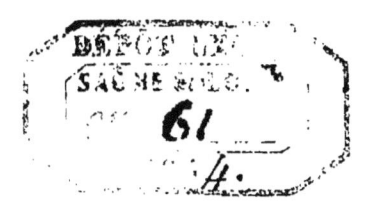

LES IMPÉRIALES

ODES

AUTUN, IMPR. DEJUSSIEU ET VILLEDEY.

LES

IMPÉRIALES

ODES

PAR J. DEVELEY.

Gesta Dei per Francos. Francorum
autem per Napoleonem.

PARIS

GARNIER FRÈRES, LIBRAIRES-ÉDITEURS

PALAIS—ROYAL, 215.

1855

1854

PRÉFACE

En réunissant les pièces qui forment ce volume, j'avais d'abord résolu d'écarter celles
dont se compose le premier livre. Mais on me
pardonnera peut-être de les avoir laissées, si
l'on veut remarquer que ces Odes ont été écrites
sous l'impression des évènements de juin 1848.
— J'avais alors à peine dix-neuf ans : et certes,

à cette époque, je l'avoue sincèrement, je me préoccupais moins de la forme que des malheurs que j'essayais de retracer.

Oui, ces Odes sont les fidèles interprètes de ce que j'ai ressenti dans ces temps malheureux.

Malgré son titre, ce volume renferme des poésies qui lui sont étrangères, et surtout plusieurs fragments dramatiques. Si j'ai varié ainsi la composition du livre, c'est que j'espérais le rendre moins monotone et peut-être moins ennuyeux.

Autun, ce 6 novembre 1854.

DÉDICACE

A S. M. L'EMPEREUR NAPOLÉON III

SIRE,

J'ose espérer qu'après avoir sauvé la France, vous daignerez peut-être ouvrir ce livre qui parle de ses malheurs passés, de son bonheur présent et de sa gloire future.

Sire, je vous supplie d'accepter cet hommage. Si humble qu'il soit, il est au moins sincère : il vient du cœur.

Je suis avec le plus profond respect,

Sire,

De Votre Majesté Impériale,

Le très humble et très dévoué sujet,

J. DEVELEY.

Autun, ce 6 novembre 1854.

LIVRE PREMIER

———◦———

1848-1849

———◦———

PROLOGUE

I

I

Malgré lui, le poète, aux accents de sa lyre,
Pleure tous les malheurs, chante tous les héros.
Etranger aux humains et plaignant leur délire,
Tous les évènements, sans troubler son repos,
Dans son âme sensible éveillent des échos ! —

On le voit s'en aller de misère en misère,...
Cherchant à consoler de grands cœurs abattus,
Sur de sombres forfaits déchaîner sa colère
  Et venger toutes les vertus. —
Il ne peut rester sourd aux cris de l'infortune :
  Et toujours sa voix importune
  Flétrit le crime et les bourreaux !
Puis, dans les jours de paix, en remontant les âges,
Il aime à méditer sur les grands, sur les sages,
  A rêver sur tous les tombeaux.

Mais si sur son pays l'orage éclate et gronde,
Ou si de vils tyrans le courbent sous leur poids,
Oh ! alors, il paraît,... se mêle aux bruits du monde,
  Et, seul, ose élever la voix. —
L'univers est à lui ; sa sphère est la tempête !...
  Lui seul sait relever la tête,
  Quand ses frères courbent la leur ;
Lui seul sait résister au flot qui les entraîne ;
Et jamais les tyrans n'ont pu forger sa chaîne :
  Il les brave dans son malheur. —

II

Tranquille je vivais dans l'ombre et le silence....
      Mais un cri dans les airs s'élance !
      J'entends le monde s'agiter :
Un trône renversé qui roulait dans l'abîme,
Un peuple tout entier qui, maudissant le crime,
      Avait fini par le dompter.

Une arène s'ouvrait : j'y descends avec joie.
      Je vais où le destin m'envoie,
      Je vais ou va leur liberté ! —
Puissions-nous des aïeux fuir l'effroyable exemple !
Liberté, puissions-nous respecter ton saint temple !
Unis-toi dans nos cœurs à la fraternité. —

Mais si tu n'es encor que meurtre et tyrannie,
Ma lyre alors, fidèle au culte des vertus,
Saura des malheureux consoler l'agonie.
      L'arène à mes pas éperdus

Offrira des écueils et peut-être la tombe...
    Eh ! qu'importe, si je succombe!...
    Qu'importent les fers ou la mort !
Grands et petits... hélas! sous lui le temps nous foule.
Rien ne peut m'arrêter : — et perdu dans la foule,
    Joyeux, je subirai mon sort. —

III

Adieu mes doux loisirs, adieu mes chants paisibles !
Vous ne me verrez plus vivre en paix avec vous.
Mon esquif, entraîné vers des écueils horribles,
    Va flotter sur l'onde en courroux. —
Adieu mon ciel serein! une horrible tempête
    Bientôt grondera sur ma tête.
    Hélas! à mon premier matin,
Je voyais resplendir ma douce et chaste étoile.
Désormais tous les vents vont déchirer ma voile
    Ouverte au souffle du destin.

La haine et la douleur viendront peupler mon âme.

Aux orages du monde il faut mêler ma voix...

Plaindre les malheureux et maudire l'infâme,

    De la vertu dicter les lois. —

Qu'importe ! sans pâlir je descends dans la lice,

    Prêt à m'avancer au supplice,

    Prêt à succomber en martyr. —

Je veux tendre la main à toutes les misères,

Sur tous les grands forfaits déchaîner mes colères,

    Faire mon devoir... puis, mourir ! —

Puissé-je dans la suite, ô ma superbe France !

N'avoir pas à pleurer sur tes jours de malheur.

Puissent fuir loin de toi le deuil et la souffrance!

    Reste digne de ta grandeur. —

Puisses-tu vivre en paix! et puisse ta mémoire

    Ne jamais perdre de sa gloire !

    A mon bonheur je dis adieu.

Souffrant de tes douleurs et joyeux de ta joie,

Laisse-moi m'élancer où le destin m'envoie...

    T'aimer, te chanter en tout lieu ! —

IV

Malgré lui, le poète, aux accents de sa lyre,
Pleure tous les malheurs, chante tous les héros.
Etranger aux humains et plaignant leur délire,
Tous les évènements, sans troubler son repos,
Dans son âme sensible éveillent des échos! —

Février 1848.

A BÉRANGER.

II

Prête l'oreille aux accents de l'histoire :
Quel peuple ancien devant toi n'a tremblé?
Quel nouveau peuple, envieux de ta gloire,
Ne fut cent fois de ta gloire accablé?...

BÉRANGER.

1

Toi ! que le noble amour de la patrie inspire,

Béranger, où sont donc tes sublimes accents?

Dans ma patrie en deuil je n'entends plus ta lyre...

     Courbé sous le fardeau des ans,

A la France qui vit, qui meurt dans les alarmes,

     Ne peux-tu plus donner de larmes?

     Si tu n'es pas dans le tombeau,

Béranger! lève-toi : réveille en sa mémoire

Ces jours, ces grands témoins de son illustre gloire.

     Viens entonner un chant nouveau ! —

Viens donc : — parais encor dans ta sublime arène !
Parle-lui de sa gloire et de ses anciens jours...
Et puisse le torrent, qui vers la mort l'entraîne,
    Devant toi remonter son cours ! —
Oh ! après, tu pourras t'endormir dans la tombe...
    Mais, vois notre gloire qui tombe,
    Tes frères s'égorgeant entre eux !
L'hydre des factions, marchant de crime en crime,
Va bientôt sous nos pas entr'ouvrir un abîme,
    Trôner sur des débris affreux ! —

II

Comment veulent-ils donc régénérer la France ?
    Et pour terminer sa souffrance,
    N'ont-ils que leur impiété ?
Veulent-ils dominer sur la foule avilie ? —
Ou bien, par ce chemin, croient-ils dans leur folie
    Courir à l'immortalité ?...

Oh! ils n'y parviendront que portés sur la haine...
Et les siècles futurs les maudiront encor !...
Et ce peuple insensé que leur folie entraîne
    Un jour pleurera sur son sort. —

La France sur leurs pas ne va qu'à sa ruine.
On ne veut que trôner un jour sur ses débris;
On veut la dépouiller de sa gloire divine,
    L'ensevelir dans le mépris ! —
Dis-leur si c'est ainsi qu'on aime sa patrie !
        Par le désordre et la furie,
        Croient-ils lui rendre sa grandeur ?
Ah ! plutôt qu'à ce point elle soit avilie...
J'aimerais mieux la voir mourir, ensevelie
    Dans sa pourpre et dans sa splendeur ! —

III

Ces blasphèmes, comment pouvons-nous les entendre?

N'avons-nous pas assez de nos malheurs passés ?

Sans doute des aïeux ils font frémir la cendre ;

Sans doute sur leurs fronts glacés

Ils auront fait passer une horreur muette.

Ah ! que la France se soumette

A tant de folie et d'horreurs !

Qu'elle ôte de son front sa palme glorieuse...

Et qu'elle ose les suivre en leur route odieuse,

Au sein du crime et des terreurs ! —

Qu'elle suive leurs pas ! et bientôt dans l'abîme

On verra s'engloutir son histoire et son nom...

Et les peuples verront cette immense victime

Manquer à leur grand horizon ;

Car la France n'est plus qu'une sanglante arène,

Où luttent le crime et la haine ;

Où toutes les ambitions,

Pour gagner son sommet, creusent son précipice ;

Où l'orgueil et l'erreur, seuls compagnons du vice,

Entretiennent les factions ! —

Voilà ce qu'on a fait de notre noble France! —
De ses rois qui n'étaient plus qu'un hochet usé,
Un jour, on dispersa la pourpre et la puissance.
    Alors, sur leur trône brisé,
On vit les factions dresser leurs sombres têtes...
    Sur nous rassembler les tempêtes,
    Chercher à nous dicter des lois ! —
C'est ainsi que courant de folie en folie,
Nous avons vu soudain un horrible génie
    Sortir des ruines des rois ! —

IV

Eh bien ! qu'ils règnent donc sur la foule insensée,
    Qui de sa misère passée
    N'a pas même un seul souvenir !
Alors que de ce ciel on niait l'existence...
Alors que nos aïeux, bourreaux de l'innocence,
    Aux enfers cherchaient à s'unir ! —

Mais un jour tout rentra dans de sombres ténèbres;

Le crime et les bourreaux disparurent soudain...

Et maintenant ces noms, qui seuls étaient célèbres,

    Ne vivent que par le dédain! —

Oui, le temple écroulé, sortant de sa poussière,

    Reprit sa majesté première,

    Comme la vertu ses attraits.

Dès-lors, tous nos aïeux vécurent pour la gloire;

Car ils avaient besoin de laver leur histoire

    De son deuil et de ses forfaits! —

V

Mais je voile à tes yeux ces spectacles funèbres,

Vieillard! je ne veux pas attrister ton front pur,

Ni sur tes derniers jours répandre les ténèbres.

    Qu'à tes yeux le ciel soit d'azur!

Jeunes, c'est à nous seuls de répandre des larmes,

    A nous de mourir sous les armes!

Mais toi, tu dois mourir en paix.

Tes yeux ont vu jadis la France glorieuse...

Suivant de ses drapeaux la trace radieuse,

    Ta lyre a chanté ses hauts faits ! —

Oh! plus heureux que nous, conserve cette image;

Va, que ton noble cœur garde ce souvenir!

Pour nous, nous qui chantons au milieu de l'orage,

    Pleurons sur son triste avenir. —

Poètes, nous aimons notre terre chérie;

    Hélas! nous voulons la patrie

    Grande parmi tout l'univers !

Bien joyeux, nous chantons la gloire de nos frères;

Bien tristes, nous pleurons sur leurs jours de misères ;

    Nous les plaignons dans leurs revers.

Dans ton noble repos va donc cacher ta gloire!

J'aime à te voir ainsi dédaigner les grandeurs.

2

Sage, aux flots courroucés tu n'as pas voulu boire;
        Sublime et voilé de splendeurs,
Tu dédaignas ces dons, ces honneurs que la France
        T'offrait dans sa reconnaissance. —
        A nos lyres laisse le deuil...
Nous saurons sans trembler courir notre carrière :
Laisse-nous seulement l'éclat de ta lumière,
        Pour que nous puissions fuir l'écueil. —

                                        Mai 1848.

AUX

GÉNÉRAUX MORTS EN JUIN 1848

III

Qui donc sauvera la patrie?
Parmi ces tribuns en furie
Qui s'agitent irrésolus,
Pour la guider et la défendre,
Qui donc pourra se faire entendre?

Louise COLLET.

I

Partout l'œil attristé ne voit que des ruines;
    Partout de couronnes d'épines,
    Le sort meurtrit de nobles fronts! —
En de hideux combats ceux-ci perdent la vie;
Ceux-là voient se flétrir, aux clameurs de l'envie,
    Leurs noms sous d'injustes affronts. —

II

Oh! qui que vous soyez, malheureuses victimes,
Vous qui tombez sans gloire en de pareils combats...
Vous qui, pour nous sauver de l'étreinte des crimes,
    Cherchez un si triste trépas :
Puisse le ciel au moins vous payer vos services!
    Hélas! abreuvés d'injustices,
    Vous disparaissez tour-à-tour.
    Mais là, nous vous donnons des larmes :
Car à vous consoler, oui, nous trouvons des charmes;
    Nous vous donnons tout notre amour! —

Laissez vos noms flotter au gré de la tourmente;
Dans vos nobles revers gardez votre vertu. —
Vous le savez, souvent la fortune inconstante
    Relève un héros abattu,
Au fond de l'avenir fait passer sa mémoire
    Et lui rend sa première gloire. —
    Allez à la postérité...

Vous, tombés en voulant sauver votre patrie!
Souvent, pure et sans tache, une gloire flétrie
    Arrive à l'immortalité! —

III

Et vous, vous, généraux! qui, morts dans nos murailles,
Êtes tombés sans gloire en ces jours de malheurs,
Dont nous avons suivi les tristes funérailles,
    Vous, sur qui nous versons des pleurs,
Ne frémissiez-vous pas dans vos justes colères,
    Quand le destin armant vos frères
    Vous les donnait pour ennemis? —
Vous n'avez pas voulu sortir de cette lutte ;
Heureux, en expirant, de ne pas voir sa chute,
    Vous êtes morts pour le pays! —

  . . . .

  . . . .

La mort vous respecta sur la terre étrangère,
Car vous deviez, hélas! succomber sous nos yeux.

Allez donc, du pays déplorant la misère,
  La raconter à nos aïeux.

Vous pouvez vous mêler à ces mânes sublimes ;
Vous pouvez, le front haut, paraître au milieu d'eux.
Que de leurs descendants ils maudissent les crimes;
    Qu'ils plaignent leurs fils malheureux! —
Et vous, si par hasard, durant ces récits sombres,
    Vous rencontrez, parmi les ombres,
    Le front calme de l'Empereur,
Dites-lui que la France a perdu tous ses charmes,
Et que le monde entier, à ses cris, à ses larmes,
    Ne répond que par la fureur!

Dites-lui que son aigle a reployé son aile...
    Et que, paisible sentinelle,
    Sa colonne frémit parfois,
    En voyant l'horrible délire
De ce malheureux peuple, hélas! qui se déchire
    Sur les ruines de ses rois! —

IV

Allez donc vous mêler à ces mânes augustes ;
Oh! allez avec eux supplier l'Eternel
De châtier le crime et de sauver les justes!
    Qu'enfin ce complot criminel
Rentre au fond des enfers ! — Priez pour la patrie;
    Veillez sur sa gloire chérie...
    Et venez recueillir nos pleurs. —
Ah ! qu'un soleil plus beau se lève sur nos têtes...
Et puissions-nous un jour, à l'abri des tempêtes,
    Oublier d'aussi grands malheurs! —

Oui, cessons pour toujours ces discordes civiles :
Le sang assez longtemps a coulé dans nos villes!
Ne souillons pas ainsi notre noble drapeau. —
Songez-y bien, Français ! le monde vous contemple;
De la fraternité donnez-vous donc l'exemple?
    Voilez un si triste tableau. —

V

Moi, si jamais le deuil fuit loin de nos rivages,
Si je vois ma patrie échapper à la mort,
Si je vois dans nos murs s'arrêter ses ravages,
    Je veux, dans un joyeux transport,
Faire entendre ma lyre aux âmes consolées !
    Pleurant sur tous les mausolées,
    Je veux donner un souvenir
Aux cendres des héros, à toutes nos victimes;
Et, par le noir tableau de ces jours pleins de crimes,
    Faire un jour trembler l'avenir ! —

Juillet 1848.

A CHATEAUBRIAND

IV

« Il allait par le monde s'enquérant,
aux débris des empires, si les Français
avaient passé par là. »

BÉRANGER.

I

Il n'est plus !... et je viens pour vous parler de lui,
Dans un dernier adieu. — Puisse-t-il nous entendre!
Hélas ! il en est peu qui viendront aujourd'hui
S'incliner sur la tombe où repose sa cendre. —
La froide indifférence a tout glacé chez nous,
Et nous ne savons plus plier les deux genoux. —

II

Nous-mêmes nous creusons l'abîme
Où s'engloutissent les vertus.
Nous n'avons plus horreur du crime ;
La France ne se souvient plus
Des jours de son antique gloire.
Nous avons souillé notre histoire
De sang, d'attentats criminels. —
Errant de folie en folie,
Nous n'honorons plus le génie,
Et chez nous il n'a plus d'autels.

Où trouverons-nous dans la France
Des lauriers qu'on a respectés ?...
Nous avons foulé la puissance
Des plus grandes célébrités. —
Pourtant, dans le siècle où nous sommes,
On devrait chérir les grands hommes :
Ils font les grandes nations ! —

Souvent au feu de leur grande âme,
Un peuple tout entier s'enflamme
Et vole aux nobles actions.

Loin de respecter leur empire,
Nous savons étouffer leurs voix
Sous les bruits de notre délire,
Et nous n'obéissons qu'aux lois
Des ambitions les plus viles. —
Ainsi que des êtres serviles,
Rampant sous un maître odieux,
Nos lâches cœurs n'ont plus de haines,
Et nous osons traîner les chaînes
D'une foule d'ambitieux.

III

Eh bien! meurs aujourd'hui, meurs, et va dans la tombe
Oublier les malheurs de ta patrie en deuil. —
Pourquoi donc vivre encor quand la France succombe,

Toi, qui faisais jadis sa gloire et son orgueil? —

. . . .

. . . .

. . . .

J'aurais voulu te voir aux jours de ta jeunesse,

Rêvant de ton *René* la sublime tristesse,

Puis pleurant sur la France et ses sombres forfaits,

T'en aller par le monde explorant les palais ;

Etudiant l'histoire à travers les ruines,

Aux débris comparant une antique splendeur ;

Sur la pierre brunie où croissent les épines,

    Cherchant des fastes de grandeur ;

Te voir, quand sur les mers, au milieu du silence,

De ton luth s'élevait l'hymne à la Providence,

Et quand du nouveau monde explorant les forêts,

A ta patrie en deuil tu donnais des regrets ;

Quand tu ressuscitais une vertu flétrie,

De la religion quand tu dictais les lois...

Et lorsqu'aux mots d'honneur, de vertu, de patrie,
    Le ciel nous parlait par ta voix ! —

J'aurais voulu te voir foulant la terre sainte,
Frémir à chaque pas de respect et de crainte,
Heurter avec douleur tant d'illustres débris
Que tu trouvais couverts de cendre et de mépris ;
Puis, aux festins des rois allant prendre ta place,
Fatiguer leurs plaisirs d'amères vérités,
Et t'en aller encor oublier ta disgrâce
    Sur les ruines des cités ! —

. . . .

. . . .

IV

Meurs donc, et descends dans la tombe ;
Tu ne mourras pas tout entier !
Ne crains pas que ton nom succombe :
D'un impérissable laurier
Tu sus parer ce nom auguste. —

Garde-le, cette gloire est juste :
Et tu vivras dans l'avenir. —
Va, remonte aux sphères célestes,
Et de nos discordes funestes
Au ciel daigne te souvenir.

. . . .

. . . .

Dors donc selon tes vœux sur ton lointain rivage :
Ta vie, hélas ! ne fut qu'un éternel orage. —
Accoutumé sans doute au bruit des flots amers,
Ta tombe se plaira sur le sable des mers ;
Oui, tu dormiras mieux aux bruits de la tourmente,
En entendant les flots qui battront ton cercueil,
En songeant que tu vins finir ta vie errante
Dans un tombeau, sur un écueil. —

Juillet 1848.

A LA FRANCE

V

Chaque peuple à son tour a brillé sur la terre
Par les arts, le génie et surtout par la guerre.

VOLTAIRE.

I

Lorsqu'un peuple a brillé quelque temps sur la terre
Par l'éclat du génie ou bien par ses vertus ;
Quand les peuples du monde, au grand jeu de la guerre,
    Sous lui sont tombés abattus ;
Quand ses pas ont foulé tous les sentiers de gloire :
    Alors ses lauriers de victoire,
    Flétris dans son auguste main,
Se sèchent tout-à-coup et s'en vont en poussière ;
Puis, le génie ailleurs emporte sa lumière
    Et suit son éternel chemin. —

Rien ne peut arrêter sa course vagabonde,

Car c'est l'arrêt du ciel qu'il exécute alors;

Car il doit visiter tous les peuples du monde.

    Combien de grands peuples sont morts !

Après avoir brillé, tous sont tombés dans l'ombre,

      Et le temps de son voile sombre

      A couvert leur grand horizon.

      Pour retarder leur agonie,

Ces peuples ont produit encor quelque génie,

      Puis ont vu s'écrouler leur nom. —

Ces peuples, tour-à-tour ils ont vu la patrie

Redescendre en pleurant son sentier glorieux;

Ils ont vu par lambeaux de leur terre flétrie

      S'enfuir les gloires des aïeux. —

Et tandis que l'oubli de ses voiles funèbres

      Couvrait tous ces peuples célèbres,

      Tandis que sous le poids des temps

On voyait s'écrouler leur illustre ruine,

D'autres peuples, poussés par cette loi divine,

S'illustraient à leur tour par des faits éclatants. —

II

Quoi! le même destin, ô ma superbe France!
Oserait arracher la gloire de ton front ?
Et ce temps orgueilleux à ta grande puissance
    Oserait faire un tel affront?
Ah ! s'il en est ainsi, si c'est l'arrêt céleste,
    Au moins dispute-lui le reste
    De ces grandeurs qu'il veut flétrir.
    Ose donc lui faire la guerre! —
Tu ne dois pas ainsi t'effacer de la terre,
    La France ne doit pas mourir !

Frissonne encor d'orgueil, réveille ton génie;
Sache empêcher au temps de fouler tes débris.
Ou s'il triomphe... au moins une belle agonie
    Saura te sauver du mépris;
Et si la mort sur toi déploie un jour ses ailes,
    Tes gloires seront immortelles!
    Résiste au temps comme aux revers;
Jusqu'à ton dernier jour sois belle et glorieuse;

Imprime fortement ta trace radieuse
Dans les fastes de l'univers!

III

Que vois-je! tu pâlis, est-ce ton sang qui coule ?
Ton front penche, accablé d'une immense douleur ;
Est-ce déjà le temps qui dans ses flots te roule?
    Est-ce donc déjà le malheur ?...

Quoi ! ce sont tes enfants qui te creusent ta tombe?
Le temps n'a pas besoin de s'acharner sur toi ;
De lui-même, grand Dieu ! voilà ton nom qui tombe :
    Du destin subis donc la loi. —
Parricides, venez, frappez votre patrie ;
    Mais devant sa gloire flétrie
    Vos fronts sauront encor pâlir.
Achevez, achevez votre œuvre criminelle,
Déchirez en lambeaux la pourpre paternelle :
    Voilà de quoi l'ensevelir!...

IV

Des peuples écroulés tu suis la sombre trace,

France ! dans la douleur tu marches vers ta fin;

Tu dédaignes la gloire, et ton grand cœur se glace.

    Le voilà, ton affreux destin !

Toi, qui n'as pu mourir au milieu des batailles,

    Au sein de tes propres murailles,

    Hélas ! tu vas donc expirer?

Et ce sont tes enfants qui creusent ton abîme,

Ce sont eux qui, poussés par l'orgueil et le crime,

    Ne songent qu'à te déchirer ! —

O France, ô mon pays ! je te donne des larmes ;

Je pleure amèrement sur ton malheureux sort.

Puissent fuir loin de toi le deuil et les alarmes;

    Puissé-je ne pas voir ta mort ! —

Oui, j'irai, maudissant cette foule égarée,

    Gémir sur ta gloire éplorée.

    Et vous, mânes de nos héros ,

Que faites-vous, hélas ! ne pouvez-vous défendre

Ce nom et ces lauriers qu'ils veulent mettre en cendre?

    Que faites-vous dans vos tombeaux?

Vous gémissez sans doute et vous pleurez la France :

Pleurez-la, car son nom n'est plus digne de vous ! —

Et vous, dont la folie a causé sa souffrance,

Il en est temps encor, ah! suspendez vos coups,

Et sachez pardonner au courroux de la lyre. —

    Mon cœur, que la douleur déchire,

    Gémit sur votre égarement.

Si sa gloire s'en va, pleurons sur la patrie;

Mais faisons respecter cette gloire chérie

    Au moins jusqu'au dernier moment ! —

Juin 1848.

LA MORT

DE

MONSEIGNEUR DENIS AFFRE

ARCHEVÊQUE DE PARIS.

VI

Laisse des justes sur la terre.
N'as-tu donc pas, Seigneur, assez d'anges aux cieux ?

V. HUGO.

I

Au milieu de ces jours de sang et de carnage,
Quand le deuil et la mort planaient sur la cité,
Lorsqu'un peuple égaré s'agitait dans l'orage,
  Au séjour de l'éternité,
Du ciel toujours tranquille on vit s'ouvrir les portes,
  Et des Archanges les cohortes
  Conduisaient un martyr aux cieux.
Et, dans le même instant, on voyait sur la terre
Un prélat qui, tombé dans l'horreur de la guerre,
  Aux hommes faisait ses adieux ! —

Car il était tombé sous des coups parricides,

Quand sa bouche s'ouvrait pour demander la paix ;

Tombé, comme autrefois les martyrs intrépides

    Tombaient priant pour les forfaits ! —

Voulant donner au monde un immortel exemple,

    Le prêtre avait quitté son temple

    Pour mourir au milieu des siens. —

Hélas ! nous l'avons vu, pleurant sur nos misères,

Nous rappeler à tous que nous étions des frères,

    Des Français, des concitoyens ! —

C'est ainsi qu'en martyr il sortit de la vie,

Et le ciel devant lui se portait tout entier,

Déployant ses splendeurs à son âme ravie,

    Et lui présentant un laurier. —

Mais le ciel à ses yeux semblait même sans charmes,

    Car ils étaient voilés de larmes.

    Songeant encore à nos malheurs,

Il voulait du Très-Haut implorer la puissance,

Le prier d'arrêter ses regards sur la France,

    Et d'avoir pitié de ses pleurs. —

II

« Vous le voyez, Seigneur, je pleure ma patrie,

» Disait-il à genoux. — Oh ! voyez ses revers,

» Et daignez écouter une voix qui vous prie.

    » Souvenez-vous de l'univers ;

» D'un peuple malheureux excusez le délire,

      » Et laissez la France sourire

      » A la paix, à des jours plus beaux.

» Moi, pasteur de ce peuple, oh ! je vous en supplie,

» Daignez de votre souffle éteindre la folie

      » Qui l'entraîne au fond des tombeaux. —

» D'un regard radieux ravivez ses ruines;

» Que la mort qui l'étreint disparaisse à vos yeux !

» Arrachez à son front la couronne d'épines.

      » Se souvenant de ses aïeux,

» Que ce peuple, honteux d'avilir leur mémoire,

» Tressaille encor au mot de gloire ;

» Que sublime en sa liberté,

» Il puisse encor servir de modèle à ce monde !

» Puisse-t-elle chez lui, dans une paix profonde,

» Vivre avec la fraternité !

» Bien joyeux, de mes jours j'ai vu finir les restes ;

» Il m'est doux de mourir aussi pour mon pays !

» J'espérais obtenir de vos bontés célestes

» Le pardon de mes ennemis.

» Hélas ! sans le vouloir, ils ont frappé leur prêtre :

» Ils pleurent mon trépas peut-être ;

» Ils pleurent un meurtre innocent !

» Vous le savez, Seigneur, ils ne sont point coupables ;

» Ils n'oseraient porter des coups si détestables :

» A quoi leur servirait mon sang ?...

» Oh ! qu'il soit le dernier répandu sur leur terre,

» Et rendez l'espérance à leurs cœurs désolés. —

» Eteignez, éteignez ce flambeau funéraire

    » Qui luit sur leurs fronts accablés.

» Heureux ! si je pouvais terminer leurs alarmes,

    » Seigneur, je vous offre mes larmes,

    » Mon sang versé sans le vouloir. »

A ces mots les élus se rangent en silence ;

Le martyr se relève... et Dieu, dans sa clémence,

    Par ces mots comble son espoir :

III

« O prélat ! je serai sensible à ta prière.

» J'arrêterai la mort dans ses murs dévastés ;

» Mon souffle emportera la sanglante poussière

    » Qui couvre ses tristes cités. —

» Une vierge autrefois a sauvé ta patrie :

    » De la mort, de la barbarie ,

    » Tu la sauves par ton trépas.

» Prêtre, je me souviens de sa sainte origine :

» Bientôt à mes regards la mort et la ruine

   » Se disperseront sous ses pas.

» Sois fier et sois heureux ! j'accepte ton martyre ;

» J'aime à voir sous le crime expirer l'innocent. »

A ces mots, sur la France il jette un doux sourire.

   Aussitôt les pleurs et le sang

Cessèrent de couler... On vit trembler le crime ;

La France s'arrêta sur les bords de l'abîme,

   En espérant des jours meilleurs...

Mais longtemps au martyr elle a donné des pleurs !—

               Juillet 1848.

LIVRE DEUXIÈME

FRAGMENTS DRAMATIQUES

WILLIAM SHAKSPEARE

DRAME EN CINQ ACTES ET EN VERS

———••———

FRAGMENTS

———••———

SCÈNE Iʳᵉ

Un salon chez Shakspeare ; il est seul.

SHAKSPEARE.

Quand moi-même, en secret, j'évoque mon histoire,
Je reste quelquefois ébloui de ma gloire,
Et j'ose à peine croire à mon propre talent.
—Et pourtant, vers mon but j'ai marché d'un pas lent,
J'ai lutté, j'ai souffert ; mais rien n'a pu m'abattre,
Rien n'a pu m'arrêter. — J'aurais su tout combattre,
Car mon cœur le voulait; rien ne m'aurait coûté

Pour arriver un jour à la célébrité. —

Il me fallait un nom pour me rapprocher d'elle;

Il fallait à mon front une palme immortelle

Pour que sa lèvre pût y poser un baiser...

Mon Dieu ! de quel amour elle a su m'embraser !

Du jour où son regard pénétra dans mon âme,

J'ai senti dans mon cœur un rayon de ta flamme,

J'ai relevé la tête et j'ai vu mon chemin...

— Et dès-lors j'ai marché, j'ai suivi mon destin ;

Pauvre et sans nom, j'ai su fouler tous les obstacles.

Pour m'illustrer enfin j'aurais fait des miracles ! —

Et qu'est-ce donc, ô Dieu! qu'est-ce donc que l'amour ?

Lui seul m'a rendu grand et m'a fait voir le jour.

Ainsi que ton soleil, il m'éclairait sans cesse...

Il a promis la gloire à ma faible jeunesse :

Et j'y suis parvenu ! — Maintenant je suis grand,

Et la gloire me place au niveau de son rang ;

Elle n'a désormais pas besoin de descendre

Pour venir jusqu'à moi : son cœur saura m'entendre.

Si miss de Southampton est riche en dignité,

Je suis riche de gloire et de célébrité!

Et qu'importe d'ailleurs! n'ai-je pas sa promesse ?

N'a-t-elle pas souvent maudit cette richesse,

Ces titres qui nous ont séparés jusqu'alors ?

Ah ! je connais son cœur ; de mes nobles efforts

Elle aussi sera fière ! —

Telle est l'exposition du drame. Il aime et il se croit aimé.—
Mais à la fin du premier acte, lord Clarisson, son ami, lui ap-
prend qu'il se marie.

CLARISSON.

Je me marie, et ma foi je t'assure

Que je ne prétends pas faire triste figure ;

D'ailleurs, tu me connais, et tu sais qui je suis.

J'aime beaucoup la joie et très peu les ennuis ;

Jusqu'alors, j'ai passé fort gaîment ma jeunesse ;

Je n'ai jamais connu cette noire tristesse,

Dont quelques insensés se sont laissé mourir.

Et, sois-en convaincu, s'il me fallait souffrir,

Je souffrirais gaîment ! —

SHAKSPEARE.

Eh bien! je vous admire,

Et de votre gaîté j'aime à subir l'empire,
Quand de sombres tourments me déchirent le cœur !

CLARISSON.

Je ne m'en doutais pas. — Toi, glorieux vainqueur,
Tu connais la tristesse ?...

SHAKSPEARE.

Oh ! oui, je l'ai connue. —
Si parfois dans mon cœur vous plongiez votre vue,
Si je vous racontais les maux que j'ai soufferts,
Vous verriez que la gloire a son mauvais revers ;
Que le triomphateur qui monte au Capitole
N'est qu'un grand insensé qui souffre et qui s'immole.
— La gloire, dans ce monde, on l'achète bien cher,
Et souvent le triomphe est encor plus amer...
Oui, milord, croyez-moi, j'en jure sur ma tête,
La gloire ne vaut pas le prix dont on l'achète !

CLARISSON.

William, souffrirais-tu ?...

SHAKSPEARE.

Moi, je ne me plains pas,
Car j'ai fait, grâce à Dieu, mon chemin ici-bas. —
Ma gloire a de beaucoup passé mon espérance ;
Je vous dis seulement : — J'ai connu la souffrance !

CLARISSON.

Et je dis qu'aujourd'hui tu devrais l'oublier.

SHAKSPEARE.

Vous allez, dites-vous, sous peu vous marier ?

CLARISSON.

Je crois qu'il en est temps. — Et d'ailleurs la folie,
La joie et les plaisirs n'ont qu'un temps dans la vie.
— Comme ce temps n'est plus, je crois que j'ai raison
D'avoir des héritiers pour conserver mon nom.

SHAKSPEARE.

Vous épousez sans doute une riche héritière,
Milord ? —

CLARISSON.

Oh! elle est belle, elle est noble, elle est fière,
Et de mon cœur en proie à de folles amours
Elle a su, cher ami, triompher pour toujours.

SHAKSPEARE.

Me direz-vous le nom de votre fiancée ?

CLARISSON.

C'est miss de Southampton.

SHAKSPEARE (à part).

Quelle est donc sa pensée ?
(Haut.) Milord, vous voulez rire ?...

CLARISSON.

Eh quoi !

SHAKSPEARE.

Répétez donc...
J'ai mal compris, milord : c'est

CLARISSON.

Miss de Southampton.
Connais-tu ce nom là ?

SHAKSPEARE (à part).

Tais-toi, tais-toi, mon âme !

(Haut.) Je crois que je connais le nom de cette femme.

N'est-elle pas duchesse ?...

CLARISSON.

En effet, c'est cela !

La connaîtrais-tu donc ?...

SHAKSPEARE.

Non, non ; mais brisons là.

Milord ! votre bonheur réveille ma souffrance ;

Car moi, j'aimais, hélas ! dès ma première enfance.

Elle était grande dame, et moi je n'étais rien ;

J'étais un misérable, un pauvre plébéien

Qui n'avait pas d'aïeux, qui n'avait rien sur terre.

Comme l'aigle du ciel prend son vol vers son aire,

Vers la gloire, milord, j'ai su prendre mon vol !

Cet amour, voyez-vous, m'a soulevé du sol ;

Il a donné la force à mon cœur, à mes ailes,

Et mon front s'est couvert de palmes immortelles :

Je suis devenu grand ! — Mais la femme sans cœur

A dédaigné l'amour du glorieux vainqueur ;

Enfin, elle arracha les lauriers de ma tête ,

Elle osa mépriser ma gloire de poète !...

Elle se rappela que je fus vagabond...
Et son mépris alors ! — Pardon, milord, pardon ;
J'ai besoin d'être seul ; ma douleur se réveille,
Je rougis de ma honte. —

CLARISSON.

Eh bien! je te conseille
D'oublier cet amour qui ferait ton malheur.
Ton cœur est grand, William, dompte cette douleur :
L'affront ne l'atteint pas ; perds-en donc la mémoire,
Sache vivre pour nous et pour ta propre gloire ;
— Cette femme, vois-tu, n'est pas digne de toi,
Car ta gloire, à mes yeux, te rend l'égal d'un roi. —

SHAKSPEARE.

A quoi donc me sert-elle ? — Il faut une vengeance,
Milord, une vengeance égale à ma souffrance.
J'irai voir cette femme. —

CLARISSON.

Ainsi donc, à demain.

SHAKSPEARE.

Venez, et vous saurez quel était mon dessein. —

SHAKSPEARE (seul).

Il l'épouse; il l'a dit, je crois encor l'entendre. —
De haine contre lui je ne puis me défendre ;
Dans mon meilleur ami je rencontre un rival !
Mais elle, ô trahison, ô forfait sans égal !
Cet anneau que j'ai là, ses serments, sa promesse,
Ces faux-semblants d'amour qu'elle feignait sans cesse,
Trahison, tout cela ! — Non, je n'en reviens pas ;
Je ne puis m'expliquer un projet aussi bas. —
Mais, si son cœur mentait, quel plaisir trouvait-elle
A séduire le mien ? ah ! plutôt la cruelle
Devait pour me guérir m'accabler de mépris.
Mais non, à mes efforts elle a su mettre un prix ;
Elle m'a dit : « Sois grand, marche, arrive à la gloire,
» Et je t'appartiendrai ! » — Je vais à sa mémoire
Rappeler ce serment qu'elle oublie à plaisir ;
Je dirai : « Me voilà, j'ai comblé ton désir ;
» J'ai la gloire, et tu sais qu'elle vaut la richesse :
» Je viens voir si tu veux accomplir ta promesse. »
Et nous verrons après. — Malheur, cent fois malheur,
Si l'on ose se faire un jeu de ma douleur ! —

Au second acte, la duchesse de Southampton et sa fille Elisabeth parlent de Shakspeare. La vieille duchesse s'étonne de
voir le génie s'élancer le plus souvent des rangs inférieurs de
la société. Elle s'en indigne ; mais Elisabeth, inspirée par son
amour, défend ainsi celui qu'elle aime.

ELISABETH.

Connaissez-vous leurs luttes et leurs peines ?
Savez-vous le chemin qu'il leur faut parcourir ?
Et surtout savez-vous ce qu'ils ont à souffrir ?
Non, vous n'en savez rien. — Pour devenir célèbres,
Pour monter au grand jour du fond de leurs ténèbres,
Pour sortir de la fange et de l'obscurité,
Il leur faut une audace, une intrépidité
Dont tous vos nobles lords ne seraient point capables.
Plus ils sont malheureux, plus ils sont indomptables ;
Pour s'élever bien haut, ils s'agitent bien bas. —
Ah! si vous connaissiez leurs luttes, leurs combats,
Si vous saviez enfin les labeurs de leur vie,
Vous verriez qu'ils ont bien acheté leur génie ;
Vous verriez que nos lords ne pourraient pas comme eux
Parcourir ce chemin, car il est épineux ;

Que si, pour récompense, ils sont grands dans l'histoire,
Ils ont payé bien cher un vain renom de gloire! —

LA DUCHESSE.

Et pourquoi tous nos lords ne le feraient-ils pas ?

ELISABETH.

C'est que pour les heureux la gloire a peu d'appas,
Et souvent la souffrance enfante le génie ;
D'ailleurs, ils ont raison de jouïr de la vie....
Et qui sait ? si Shakspeare était né grand seigneur,
S'il n'avait pas enfin passé par le malheur ,
Peut-être n'aurait-il jamais été poète !

LA DUCHESSE.

Je crains bien que ses vers ne t'aient tourné la tête :
Plus un mot là-dessus. Qu'il soit célèbre et grand ,
Nous n'en serons pas moins fières de notre rang.
Parlons un peu de nous et de ton mariage.

ELISABETH.

Mais rien ne presse encor....

5

LA DUCHESSE.

Quoi ! toujours ce langage ?
Pourquoi toujours attendre? et d'ailleurs il est temps
De prendre son parti, lorsqu'on a vingt-deux ans.
Et ne va pas chercher de prétexte frivole,
Car à lord Clarisson j'ai donné ma parole.
Ton père, avant sa mort, te l'avait fiancé :
Tu l'épouseras donc. —

ELISABETH.

Vous parlez du passé :
Mais aujourd'hui, pourtant, si j'en aimais un autre ?

LA DUCHESSE.

Eh bien ! ta volonté ne serait pas la nôtre.

ELISABETH.

Cependant...

LA DUCHESSE.

Je prétends que vous obéirez...
Il a notre parole, et vous l'épouserez.

— Elle n'ose résister. — Shakspeare se croit dédaigné ou plutôt trompé par elle. Sa douleur est au comble! Quant à Clarisson, il a tout compris. Il ne balance pas. Son amitié et son respect pour Shakspeare l'emportent sur son amour même. Il est prêt à renoncer à sa fiancée. D'ailleurs il n'a plus que du mépris pour elle... car il la croit coupable; il l'accuse d'avoir pris plaisir à briser la grande âme de son ami. Aussi, quand Shakspeare consent à lui avouer sa honte et sa douleur (comme il dit lui-même), Clarisson indigné, s'écrie :

CLARISSON.

De quoi rougirais-tu ? La honte est pour la femme,

Qui n'a pas redouté de briser ta grande âme ! —

Va, crois-moi, tu n'as pas à rougir de l'affront,

L'opprobre tout entier rejaillit sur son front.

SHAKSPEARE.

Quoi ! vous la méprisez ?

CLARISSON.

Veux-tu que je l'admire ?

SHAKSPEARE.

Oh, par pitié pour moi, milord, laissez-moi dire :

Ne la méprisez pas. — Je souffre... voyez-vous !

Cette femme, je l'aime !.. et malgré mon courroux,

Malgré sa trahison, malgré sa perfidie,

Non, je ne voudrais pas la savoir avilie ! —

Je veux bien l'abhorrer, je veux la mépriser ;

Mais, croyez-moi, je sens mon âme se briser,

Quand je pense qu'un autre épouserait ma haine !

Car ce serait pour moi la plus cruelle peine,

Le plus grand des affronts, que de savoir un jour

Qu'on ose mépriser l'objet de mon amour. —

Savoir que le mépris poursuit celle que j'aime...

Mais la honte en pourrait retomber sur moi-même.

Ne la méprisez pas... elle vous aime, vous !

N'allez-vous pas sous peu devenir son époux ?

Restez donc étranger à toute ma misère...

Laissez-moi ma douleur, laissez-moi ma colère ;

Dans mon sombre chemin, ne suivez point mes pas...

Et par pitié pour moi, ne la méprisez pas.

CLARISSON.

Non, je ne comprends pas une telle folie :

Elle s'est fait un jeu du bonheur de ta vie ;

Elle a brisé ton cœur si grand et si loyal.

La cruelle s'est fait un plaisir infernal
De tromper ton amour si grand qu'il est sublime ;
Elle osa sous tes pas entr'ouvrir un abîme
peut-être plus affreux que celui des enfers ;
Elle rit des tourments que ton cœur a soufferts ;
Et toi, tu ne veux pas que le mépris s'attache
A cette femme enfin si cruelle et si lâche !
Va, ton amour t'aveugle, et sans ton beau passé,
Je croirais que Shakspeare est un grand insensé !

SHAKSPEARE.

Je suis un malheureux !... j'achève ma carrière...
En perdant cet amour, je perds ma vie entière.
Il ne me reste plus qu'à mourir aujourd'hui...
Le jour qui m'éclairait a fait place à la nuit.
Oui, je rentre dans l'ombre, et pour moi tout s'achève ;
La gloire et le bonheur, c'était mon double rêve...
L'un s'est réalisé... mais l'autre, écoutez-moi :

(Il lui montre un anneau.)

Je veux lui rendre encor ce gage de sa foi.
J'irai donc la trouver... et je saurai lui rendre

Ce gage qui mentait !... Vous ne pouvez comprendre
Tout ce que j'ai souffert ; vous ne le saurez pas.
J'espérais que la gloire aurait conduit mes pas
Vers l'objet de mes vœux... Je ne sais plus que dire...
Je sens que la douleur exalte mon délire.
Je l'aime encore après tout ce qu'elle m'a fait.
Oui, vous avez raison ; et je suis en effet
Un bien grand insensé !

CLARISSON.

Tu déchires mon âme. —
Pourquoi donc à mes yeux pleurer comme une femme ?
Retrouve ton courage...

SHAKSPEARE.

Hélas ! je n'en ai plus...
Mes beaux jours, mes labeurs sont à jamais perdus !
A quoi donc aujourd'hui me servirait la gloire ?
Je la cherchais pour elle... Oh ! ma nuit est bien noire !
Il ne reste plus rien dans mon âme aujourd'hui...
Génie et volonté, tout s'est évanoui ! —

CLARISSON.

Mais il te reste encore un rayon d'espérance.
Elle pourrait avoir pitié de ta souffrance :
Je lui rends sa parole... et tu l'épouseras.

SHAKSPEARE.

Ecoutez-moi, milord : — Je suis tombé bien bas...
Je souffre, je gémis dans un horrible abîme :
Mais, dans mon désespoir, je prétends qu'on m'estime ;
Oui, si j'ai tout perdu, l'honneur me reste encor !
Et s'il fallait choisir entre elle ou bien la mort,
Je n'hésiterais pas,... car la mort, la première,
Hélas ! mettrait un terme à ma triste carrière. —
Quoi donc ! après l'affront, après son fier dédain,
J'oserais m'avilir en acceptant sa main !...
Milord, sans le vouloir vous m'avez fait injure : —
Ce coup-là, voyez-vous, a rouvert ma blessure ! —

CLARISSON (à part).

Je n'y comprends plus rien..., n'importe : j'essaîrai.
(Haut.) Adieu donc ! —

SHAKSPEARE.

Espérons qu'un jour je l'oublîrai ;
Avec le temps, milord, j'y parviendrai peut-être ! —

Tandis que Clarisson s'efforce de décider la duchesse à ac‑
corder à son ami la main d'Elisabeth, Shakspeare, à force de
courage et de volonté, parvient un moment à oublier sa dou‑
leur ou plutôt à la tromper. — Il est seul, il travaille à sa tra‑
gédie d'*Othello*. — .   .   .   .

J'ai donc sur le malheur remporté la victoire.
Si je n'ai plus d'amour, il me reste la gloire...
Oui, je vivrai pour elle, et mon cœur jeune encor
Saura se relever par un sublime effort. —
Désormais dans ma route il n'est rien qui m'arrête :
Je dompterai mon âme, et relevant la tête,
Je ne faiblirai pas sous les coups du malheur.
—Je me sens maintenant plus grand que ma douleur ;
Je sens se réveiller toute mon énergie. —
Au creuset du malheur s'épure mon génie,
Et j'espère bientôt me venger de l'affront
Par un laurier de plus qui parera mon front !

— Il me faut par ce drame illustrer ma vengeance ;
Je veux que l'avenir souffre de ma souffrance,
Je veux qu'il en conserve un éternel tableau,
Qu'il plaigne mes malheurs en plaignant Othello.
— C'est une volupté, c'est un plaisir sublime
De songer que plus tard le courroux qui m'anime
Va faire palpiter et frémir l'avenir ! —
Oh ! je veux lui léguer un affreux souvenir,
Un drame ensanglanté du sang de ma blessure,
Des vers dont chacun d'eux me coûte une torture ! —
La cruelle a bien fait de m'avoir outragé,
Puisque par Othello je vais être vengé ! —

Et lorsque Nelly, une comédienne du théâtre où il faisait
jouer ses chefs-d'œuvre, lui demande quel est le sujet du drame
auquel il travaille, il frémit ; il lui raconte cette douloureuse
histoire, et lui montrant le manuscrit, il s'écrie :

Ceci, c'est Othello ! —
De toutes mes douleurs c'est le sombre tableau ;
C'est là, je l'avoûrai, ma dernière vengeance ;

En mourant avec lui, j'oublîrai ma souffrance,
Je saurai lui prêter mes plus affreux transports.
Seulement, ô Nelly ! je n'ai pas ses remords,
Car je n'ai pas versé le sang de l'infidèle,
Car je l'ai pardonnée ! — Oui, j'ai vu la cruelle
Me reprendre l'anneau qu'elle m'avait donné.
Quand j'ai dit que mon cœur avait tout pardonné,
Eh bien ! son triste orgueil sut rester inflexible :
Je crois qu'à ma douleur elle était insensible !

Sa douleur se réveille ; il fond en larmes.

. . . . Je n'ai pas mérité
Que pour moi cette femme eût tant de cruauté !
Mon amour espérait une autre récompense. —
Ainsi donc, aujourd'hui, je romprai le silence ;
Othello, mieux que moi, servira mon courroux,
Et lui seul, ô Nelly ! saura parler pour nous. —

NELLY.

Quels sont ces derniers vers ?

SHAKSPEARE (une pause).

C'est là ma propre histoire ! —

Lorsqu'Othello se trouve au comble de sa gloire,

Lorsqu'il se trouve heureux, il croit qu'on le trahit ;

Il croit que son épouse est infidèle, il dit :

Il cite ce passage d'Othello, mis en vers par Voltaire et placé dans la bouche d'Orosmane, dans Zaïre.

« J'aurais d'un œil serein, d'un front inaltérable,

» Contemplé de mon rang la chute épouvantable ;

» J'aurais su, dans l'horreur de la captivité,

» Conserver mon orgueil et ma tranquillité ;

» Mais, me voir à ce point trahi par ce que j'aime ! »

—Ainsi donc, tu le vois, c'est William, c'est moi-même

Qui parle par sa bouche. — Oui, j'eusse comme lui

Trouvé dans mon courage un invincible appui

Contre tous les malheurs ! Au fort de la tempête,

Contre tous les dangers j'eusse dressé la tête ;

Oui, j'aurais su braver l'infortune et la mort.

Et pourtant, tu le vois, je fléchis sous le sort,

Je perds tout mon courage en songeant à l'infâme,

Et tu me vois encor pleurer comme une femme. —

La vieille duchesse reste inflexible. — Mais Shakspeare re-
connaît qu'Elisabeth n'a jamais cessé de l'aimer et de l'admirer
en secret. — Elle lui rend son anneau, ce premier gage de
leur amour, et quoique séparé d'elle pour jamais, Shakspeare
se console en se disant qu'il est au moins aimé et que la destinée seule a tout fait ! — Et lorsque Clarisson lui dit :

Va la gloire saura consoler ta grande âme !

Il répond :

La gloire ne vaut pas l'amour de cette femme ! —
N'importe, je saurai garder son souvenir.
Toujours pour être grand, il faut savoir souffrir. —

VELLÉDA

TRAGÉDIE EN CINQ ACTES ET EN VERS

—◦◦◦—

FRAGMENTS

—◦◦◦—

Tout le monde connaît ce bel épisode des *Martyrs* de M. de Chateaubriand. — C'est bien sa Velléda que j'ai essayé de faire revivre ici. — C'est peut-être un sacrilège!... Certainement, aujourd'hui je n'aurais pas tant d'audace. Mais à vingt ans, on se laisse séduire si facilement et avec tant de charmes! j'en demande donc pardon à l'ombre du grand homme... Et d'ailleurs, mon excuse n'est-elle pas dans mon admiration même pour cette immortelle création ? —

— Eudore, grec d'origine, combat dans les Gaules, pour le compte des Romains qui le retiennent en ôtage. — Il vient de recevoir des ordres de Rome. On lui ordonne de tout employer pour soumettre les barbares. — Il s'en indigne... il dit :

                     Dans ma jeunesse,
Quand je foulais, joyeux, le sol de notre Grèce,
Quand de sa liberté je rêvais le retour,
J'ignorais que le sort me forcerait un jour
A fouler sous mes pas une nation libre ! —
Si jamais le destin, sur les rives du Tibre,
De cent peuples vaincus poussait les bataillons,
Nous saurions niveler au niveau des sillons
L'orgueil de cette Rome et son fier capitole !
La fortune verrait s'écrouler son idole...
Et leurs dieux impuissants, couchés sous des débris,
Des Romains écrasés n'entendraient pas les cris !
La vengeance viendrait camper sur leurs ruines ;
Joyeuse, elle verrait la ronce et les épines
Couvrir d'un vert tissu le sol de leurs palais !

Et l'univers entier, pour punir leurs forfaits,
Sur leurs remparts détruits viendrait planter sa tente.

Velléda, dont il a déjà repoussé l'amour, par respect pour
Segénax, son père, dont il est le vainqueur, et par respect surtout pour les autels d'un peuple vaincu, Velléda revient encore essayer la puissance de ses charmes et de son amour. —
En la voyant paraître, Eudore s'écrie :

EUDORE.

Encore elle !

VELLÉDA.

Oui, je reviens encore
Te parler d'un amour dont l'ardeur me dévore !
Oui, cruel, je reviens essuyer tes mépris...
Mais, si je puis te voir, te parler à ce prix,
Je suis heureuse encore ! et dans mon infortune,
Je ne m'informe pas si je suis importune.
— Je sais que les malheurs que j'éprouve en ce jour
Ne pourront pas pour moi t'inspirer de l'amour ;
Je le sais, et pourtant je trouve quelques charmes

6

A te voir, malgré toi, le témoin de mes larmes. —

D'ailleurs, tes yeux cruels n'en seront pas émus ;

Mais espère, bientôt tu ne me verras plus.

Bientôt la mort viendra terminer mon supplice,

Et je ne viendrai plus t'accuser d'injustice ;

Je dormirai tranquille au fond de mon tombeau.

Oh oui ! mon dernier jour pour toi seul sera beau,

Tes vœux seront comblés,—tu ne peux t'en défendre ;

Et satisfait, cruel ! tu fouleras ma cendre...

— Cependant, qu'ai-je fait ? en quoi t'ai-je offensé ?

Quel crime ai-je commis ? cherche dans le passé :

Hélas ! tu n'y verras qu'un destin déplorable,

Qu'un malheureux amour dont toi seul es coupable !

Pourquoi m'as-tu traitée avec tant de douceur ?

Oui, dans chaque Romain, voyant un oppresseur,

Je voulais te haïr d'une haine éternelle,

Et n'ai fait que t'aimer ! —

Mais Eudore lui réserve une torture encore plus affreuse. Fidèle à sa religion, au respect pour les vaincus et surtout à l'honneur, il la rend libre. Il lui ordonne de retourner au milieu des siens. — A cette nouvelle, elle frémit, elle n'ose pas croire à tant de vertu, ou plutôt elle l'accuse de cruauté. —

VELLÉDA.

Oseriez-vous braver mon désespoir ?

Vous feriez-vous un jeu des douleurs que j'endure ?

Me réserveriez-vous une telle torture ?...

Ah ! s'il en est ainsi, prenez garde, Seigneur :

Moi, je ne crains plus rien, ni mort, ni déshonneur;

Que craindrais-je de plus ? — Pour en tirer vengeance,

Je saurais un instant oublier ma souffrance,

Et tout me serait bon pour me venger de vous ! —

.   .   .   .

.   .   .   .

Ainsi donc, tu l'as dit, je te suis importune !

De ces lieux pour jamais tu veux donc me chasser ?

.   .   .   .

Soudain elle frémit,.. elle le regarde en silence, puis s'approchant de lui :

Quoi, tant d'indifférence !

Mais j'y songe, guerrier, tu gardes le silence ;

Ton cœur d'un tendre amour ne sait point palpiter ;
Mais peut-être qu'un trône aurait pu le dompter !
Oui, l'amour des grandeurs te ronge et te dévore !
Eh bien ! tu peux parler, il en est temps encore.
Un instant, s'il le faut, j'oublîrai mon amour,
Et crois-moi, je saurai te couronner un jour. —
J'ai du pouvoir encor. — Parle, veux-tu l'empire ?
Si le trône est le but où ton grand cœur aspire,
Relevant les autels du puissant Teutatès,
Je rallume la guerre au fond de nos forêts ;
Et foulant sous mes pas toute puissance humaine,
Je saurai te couvrir de la pourpre romaine.
Oui, je puis à tes lois asservir les hasards,
Et tu pourras régner au palais des Césars !...
Alors, à tes genoux je passerai ma vie.
Réponds, le trône est-il l'objet de ton envie ?
Soldat, veux-tu régner ? parle, et tous les Gaulois
Vont accourir demain se ranger sous tes lois !
— Si les dieux cependant nous devenaient contraires,
Il est dans nos forêts des antres solitaires
Où nous pourrons cacher nos jours et nos malheurs...
Quoi, tu ne réponds rien ? sans pitié pour mes pleurs,

Tu ne veux donc de moi ni gloire, ni misère?

EUDORE.

Je veux que vous songiez au deuil de votre père,
Madame. — A ce prix-là j'aurai de la pitié,
Et je vous rends encor ma première amitié;
Le reste ne m'est rien. —

VELLÉDA.

. . . .

Où sont donc les raisons d'un semblable mépris?
Tu redoutes, dis-tu, de passer pour infame?
Je n'en crois rien, je lis dans le fond de ton âme...
Les Romaines, barbare! ont épuisé ton cœur.
Dans la lutte aujourd'hui, tu peux rester vainqueur;
Tu ne sens rien pour nous, tu les as trop aimées.
Soldat, va commander tes sanglantes armées!
Le mal est ton amour, tu n'as plus rien d'humain;
Va cueillir des lauriers pour ton peuple romain,
A travers des débris tracez-vous une voie,
Jouissez, jouissez de votre horrible joie! —
Puisque dans les forfaits vous mettez votre orgueil,

Couvrez le monde entier de ruines, de deuil ! —

Pour moi, je vais bientôt achever ma carrière ;

Mais je veux te maudire en quittant la lumière...

Pourquoi donc devant toi m'abaisser plus longtemps ?

Cruel ! tes yeux ont vu mes pleurs et mes tourments,

Et tu n'as pas daigné me donner une larme !

Ton cœur est sans pitié. — Si le malheur te charme,

Fais donc de ma patrie un immense tombeau.

Moi, de tous mes malheurs déposant le fardeau,

Je meurs en maudissant ce soleil qui t'éclaire ! —

EUDORE.

Mais voilà Segénax !

VELLÉDA.

Cruel ! que vas-tu faire ? —

Elle tombe à ses genoux. — Son orgueil, sa colère d'un instant, tout cela disparaît au nom de son père, car elle a tout ou-
blié ; elle ne songe plus qu'à une chose, c'est qu'Eudore les rend
libres et qu'elle ne le verra plus ! — Eudore tient sa parole, il
leur rend leur liberté. — Mais la malheureuse n'a plus ni père,
ni autels, ni patrie... Elle ne songe qu'à celui qu'elle aime. —
Aussi, au quatrième acte, elle reparaît de nouveau devant

Eudore étonné. — Elle n'a plus ni orgueil, ni colère. Sa passion est devenue sereine et chaste pour ainsi dire. Elle vient lui annoncer que tout finit pour elle, et qu'elle va mourir! — Elle dit :

VELLÉDA.

. . . .

La vie est un tourment pour mon âme flétrie. —

Je n'ai rien respecté, ni père, ni patrie;

J'ai tout sacrifié pour mon coupable amour;

Et cela sans regrets! — Car j'espérais qu'un jour,

Votre âme à mes malheurs serait enfin sensible.

Mais non, vous avez su demeurer inflexible...

Moins faible, vous avez gardé votre vertu :

Soyez heureux, Seigneur. — Dans mon cœur éperdu,

Pour vous, pour vos dédains, je n'ai pas une haine.

Heureuse, heureuse encor d'avoir, dans votre chaîne,

Eprouvé quelquefois d'agréables moments...

Oh oui! c'en est assez pour payer mes tourments!

Et pour avoir goûté de pareilles délices,

Je ne me repens pas de tous mes sacrifices. —

Je vous ai bien aimé, j'aurais tout fait pour vous...

De la terre et du ciel méprisant le courroux,

Et foulant à mes pieds les lois les plus sacrées,

Pour porter seulement vos chaînes adorées,

J'aurais su tout braver ! — Mais, je vous obéis ;

Vous ne me verrez plus, mes destins sont finis :

J'enviais votre amour, mais le sort me l'enlève,

Et je vais dans la tombe achever un doux rêve.

EUDORE.

. . . . Quoi ! vous voulez mourir ?

VELLÉDA.

Encor quelques instants, et cessant de souffrir,

J'irai vous oublier dans le fond de la tombe.

Sous le poids du malheur mon âme enfin succombe,

La mort seule me reste. — Eh ! que ferai-je encor ?

Et comment désormais puis-je traîner mon sort ?

En sortant de ces lieux, puis-je aller vers mon père

Dont je n'ai mérité que la juste colère ? —

Comme vierge et prêtresse, au pied de nos autels,

Irai-je, irai-je encor prier les immortels ?

Puis-je aller contre vous soulever ma patrie ?

Non, je ne puis plus rien... car la vierge est flétrie,
Car toutes les vertus sont mortes dans mon cœur ;
Car l'amour aujourd'hui seul y règne en vainqueur !
Seigneur, vous voyez bien que je ne puis plus vivre
Et qu'il faut à tout prix, que la mort me délivre !

. . . .

. . . .

Ecoutez donc encor :

Je sens que sans trembler, je recevrai la mort...
Et si c'est une peine, elle est due à mon crime.
Vous êtes innocent... et je suis ma victime ! —
Ce soir, quand le soleil s'éteindra dans nos bois,
Seigneur, je le verrai pour la dernière fois. —
Quand tout autour de moi sera lugubre et sombre,
Quand les astres viendront étinceler dans l'ombre ;
Du sommet d'un rocher roulant au sein des flots,
Dans les vagues j'irai chercher un doux repos...
Mais vous, promettez-moi d'exaucer ma prière,
Seigneur ! et quand mes yeux auront fui la lumière,
Parfois, de mes malheurs daignez vous souvenir. —

. . . .

Daignez jeter parfois dans les bûchers funèbres

Des lettres qui viendront au séjour des ténèbres...

Vous m'apprendrez ainsi quels seront vos malheurs.

En les lisant, sur vous je verserai des pleurs...

Et pour vous plaindre encor, je m'oublîrai moi-même !

Mais, voilà que je pleure à ce moment suprême...

Le soleil va s'éteindre : adieu Seigneur, adieu !

Souvenez-vous de moi...

—Comme dans les *Martyrs,* Eudore cède à tant d'amour et
de douleur. — Mais comme dans les *Martyrs* aussi, le crime
est reconnu, et la coupable doit l'expier. — Au cinquième acte,
les Gaulois et les druides, Segénax à leur tête, envahissent le
château du proconsul et viennent chercher la coupable jusque
dans ses bras. — A la vue du séducteur de sa fille, Segénax ne
se connaît plus... il saisit un javelot et le lance sur Eudore.
— Mais comme le glaive du vieux Priam, il vient tomber sans
force à ses pieds. Velléda, sublime d'amour et de colère, s'élance
entre son père et son amant... et faisant à ce dernier un rem-
part de son corps, elle s'écrie : —

Quelle est votre furie !

Et quel sang aujourd'hui voulez-vous donc verser ?

Dans votre égarement, voulez-vous offenser

Ces dieux dont vous venez implorer la justice ?

— Mon père ! je saurai parler sans artifice...
Et devant vous, Gaulois, la simple vérité
Va sortir de ma bouche avec sincérité. —
Ne craignez rien : — les dieux auront une victime !
Mais il est juste au moins, qu'ayant commis le crime,
J'en subisse aujourd'hui les justes châtiments...
Et si j'ai violé mes vœux et mes serments,
Si je vous ai trahi, eh bien ! sans résistance,
Moi-même je saurai servir votre vengeance.
Mon père ! pardonnez... si, comblant vos malheurs,
Je me trouve aujourd'hui la cause de vos pleurs.
Hélas ! ce sont les dieux qui, maîtres de mon âme,
Seuls ont su m'inspirer cette coupable flamme....
N'importe : je mourrai.., je n'accuserai pas
Ces dieux dont j'ai subi les arrêts ici-bas.
Mais sachez que je meurs, d'autant plus malheureuse,
Hélas ! que j'ai comblé votre infortune affreuse.
— Vous tous ici présents, vous, Gaulois et Romains,
Daignez me faire au moins grâce de vos dédains...
Ne me maudissez pas, lorsqu'à ma dernière heure,
Accusant mon forfait, vous voyez que je pleure !
Oubliez donc ma honte et votre inimitié...

Car jamais on ne fut plus digne de pitié ! —

.   .   .   .

.   .   .   .

— Et, comme dans les *Martyrs,* elle se tranche la gorge
avec sa faucille d'or ! — Ses dieux sont vengés et les Gaulois
sont satisfaits. Mais Segénax, en recevant le dernier soupir de
sa fille, sent s'émouvoir ses entrailles de père. Il montre la
victime à Eudore, et l'accuse hautement de sa honte et de sa
mort surtout. — Eudore courbe la tête... et présentant son
cœur à Segénax : « Frappe, » dit-il. — Mais le barbare a retrouvé
son orgueil et sa grandeur sauvage. Son ennemi coupable et
désarmé lui fait pitié... et il lui dit de garder sa vie avec ses
remords ! —

LIVRE TROISIÈME

———•••———

1852 - 1854

———•••———

A M. DE SAINTE-BEUVE

I

Sans éveiller d'écho sonore,
J'ai haussé ma voix faible encore...
Et ma lyre aux fibres d'acier
A passé sur ces âmes viles,
Comme sur le pavé des villes
L'ongle résonnant du coursier.

V. HUGO.

I

Rien ne peut ici-bas résister au génie. —

Debout sur des débris, il sait braver les temps.

Rien ne peut l'accabler, — ni sa gloire ternie,

    Ni les plus horribles tourments.

Il consume ses jours, afin qu'un peu de gloire

    Plus tard illustre sa mémoire.

    Ne demandant qu'un souvenir,

Arrosant de ses pleurs une terre inféconde,

Souvent, hélas ! il passe ignoré dans le monde ;

    Il travaille pour l'avenir. —

Parfois aussi, paré d'une grandeur suprême,

Il s'élance au milieu des peuples et des rois.

Le monde, sur son front, posant un diadème,

    Joyeux obéit à ses lois. —

Oh ! alors il est grand; — mais souvent c'est l'envie

    Qui déchire sa noble vie.

    Sa gloire devient son bourreau;

Son nom est le jouet de la foule insensée,

Et la noble victime une fois terrassée,

    On court lui dresser un tombeau ! —

Mais il sait tout braver, la foule et la souffrance;

De sa propre grandeur il connaît le néant.

Eh ! que lui font la gloire et l'humaine puissance ?

    Ainsi qu'un glorieux géant

Qui se rit des efforts d'une foule débile,

    Il suit son sentier difficile ,

    Sans s'occuper de son courroux.

Et lorsque dans ses flots l'adversité l'entraîne,

Toujours libre, il ne veut pas accepter de chaîne ;

    Sublime, il passe parmi nous. —

Mais quelquefois aussi, pliant devant l'orage,

Il chancelle, il succombe au début du chemin. —

Si Dieu n'a pas armé son cœur d'un fier courage,

    Et si nul ne lui tend la main,

Il succombe accablé d'une angoisse profonde...

    Et meurt en maudissant le monde. —

    Il meurt et va se plaindre à Dieu

De n'avoir pas trouvé de pitié sur la terre. —

Ainsi, Gilbert mourant laisse un chant funéraire

    Qui devient un sublime adieu ! —

II

Pour moi, depuis longtemps j'ai déposé la lyre,

Et je ne redis plus ce que le ciel m'inspire. —

Voyant que nulle part je ne trouvais d'échos,

Je me suis dit : « Laissons les hommes en repos,

» Laissons-les par le monde agiter leur folie.

» A quoi servent mes chants dès-lors qu'on les oublie ?

» Qu'ai-je à faire dans ce chaos ?...»

Ils n'ont pas écouté ma voix trop jeune encore ;

Il leur fallait sans doute une voix plus sonore,

Ou peut-être il fallait flatter leurs passions,

Comme un esclave impur me vendre aux factions,

Flétrir l'homme de bien, encourager le crime ;

Et peut-être j'aurais obtenu leur estime

    En servant leurs ambitions !...

D'un peu de gloire alors ils m'auraient fait l'aumône :

Leur générosité d'une impure couronne

Peut-être aurait fait grâce à mon front avili.

Mais non, j'ai préféré rester enseveli

Dans mon obscurité, sans honneur et sans gloire.

Je préfère à l'horreur d'une telle mémoire

    Un noble et glorieux oubli ! —

III

Pourtant il fut un temps où fort de mon courage,
Luttant contre le monde et défiant l'orage,
J'aurais fait de ma vie un entier abandon ;
Un temps où j'élevais la voix contre les vices,
Un temps où j'aurais su par de fiers sacrifices
Illustrer pour toujours et ma vie et mon nom ! —

J'étais fort, car j'avais quelque chose dans l'âme,
Car mon cœur embrasé d'une céleste flamme
Croyait à la vertu comme à la vérité. —
Je croyais à la gloire, au pouvoir du génie,
A ce nom que toujours la foule nous dénie,
Mais que nous obtenons de la postérité. —

Cet heureux temps n'est plus, car j'ai tout pris en haine :
De tous mes désespoirs je sais traîner la chaîne.

D'ailleurs, je n'en ai plus, car je ris de pitié
Quand je vois ici-bas de quel train va le monde ;
Quand je vois la grandeur, la gloire et l'amitié
S'éteindre comme un rêve et passer comme l'onde !—

IV

Oui, j'ai jugé de tout, car j'ai tout éprouvé ;
Car, comme un voyageur, j'ai parcouru la vie
Et j'ai su la sonder. — Partout, je n'ai trouvé
Que des déceptions, que la haine et l'envie,
Que des choses de rien qui ne vivent qu'un jour,
Que néant dans la gloire et néant dans l'amour !

Partout dans la grandeur j'ai trouvé la faiblesse,
La folie et l'erreur au sein de la sagesse ;
J'ai connu le serpent de la fausse amitié. —
En passant, j'ai souvent démasqué l'hypocrite

Habile à s'affubler d'un éclatant mérite :
De tout ce que j'ai vu, je souris de pitié ! —

— . . . .

Je m'arrête, à quoi bon raconter ces misères ?
Seulement, j'ai versé des larmes bien amères.
Avec le temps j'ai vu fuir mes illusions,
Ma vertu s'indigner contre les passions,
De grands noms s'acheter par la honte et le crime,
Et la vertu toujours devenir la victime
      Des plus viles ambitions.

Oui, j'ai vu ma patrie au bord du précipice,
Je l'ai vue asservie au triomphe du vice
Et courir à grands pas au bord de son tombeau.
Mes larmes ont coulé sur son noble drapeau,
Et quoique jeune encor j'ai maudit les infames,
Et tenté d'éveiller la vertu dans les âmes. —
Rien ne m'a réussi : — l'infamie et l'orgueil
Se sont ri de ma voix et de ma lyre en deuil.

V

Ma vertu méritait une autre récompense,
Le destin aurait dû me sauver de l'oubli.
N'importe, j'ai gardé ma première innocence.
Si mon nom est sans gloire, il n'est pas avili ;
C'en est assez pour moi. — Qu'on couronne le crime !
Lorsqu'il foule à ses pieds une vertu sublime,
Il triomphe un moment, puis roule dans l'abîme
    Où l'opprobre l'ensevelit ! —

Mai 1852.

LA DÉBAUCHE

II

Oui, malheur à celui qui laisse la débauche
Planter le premier clou sous sa mamelle gauche!
Le cœur d'un homme vierge est un vase profond.
Lorsque la première eau qu'on y verse est impure,
La mer y passerait sans laver la souillure!
Car l'abîme est immense et la tache est au fond.

A. DE MUSSET.

I

Il est un âge heureux où le cœur, vierge encor,
Vers un monde enchanté prend un sublime essor,
Un âge où tout nous semble aussi pur que notre âme ;
Car le cœur de l'enfant est un brillant miroir
Où tout se réfléchit pur comme son espoir,
Où tout se vivifie à son ardente flamme. —

II

C'est l'âge du bonheur et des illusions. —
Son cœur est vierge encor de toutes passions ;
Aussi pur que Dieu même, on dit qu'il est son temple
Sur cette pauvre terre où rien ne reste pur.
Qu'on veille cette fleur, et l'œil qui la contemple
Verra que chaque jour elle perd son azur.

III

Jour par jour, on verra s'effeuiller la couronne
Dont le ciel généreux avait paré son front. —
Comme la feuille tombe au souffle de l'automne,
Ses grâces, sa candeur, hélas ! se flétriront. —
Son âme aussi, son âme, aussi pure que l'onde,
Perdra son innocence au souffle de ce monde. —

IV

Son espoir, sa candeur et sa sérénité,
Son amour pour la vie et pour la vérité,

Ses doux rêves d'amour, ses beaux rêves de gloire,

Tout ce qui sur la terre est généreux et beau :

De tout cela son cœur deviendra le tombeau.

Soyons francs, de nous tous c'est l'éternelle histoire.

V

Suivons-le dans la vie. — Avec de la vertu,

Il peut se consoler de ce qu'il a perdu.

A défaut d'innocence il aura la sagesse ;

Au milieu de la foule il pourra vivre encor.

Sous un ciel encor pur il attendra la mort,

Mais son cœur sera plein d'angoisse et de tristesse.

VI

Qu'importe, il peut encor vivre digne de lui ! —

La sagesse ici-bas est un puissant appui

Qui nous soutient toujours et que le monde honore.—

Il donne des lauriers aux sages, aux héros

Qui savent pour son bien prodiguer leur repos. —

Quoi qu'on dise de lui, le monde est juste encore ! —

VII

Oui, je le soutiendrai. — Si l'on est vertueux,
On peut trouver encor du calme dans la vie ;
Mais si dans les amours comme dans la folie
L'insensé cherche encor l'objet de tous ses vœux,
Si la débauche enfin est son unique joie,
Du remords et du crime il deviendra la proie. —

VIII

De dégoûts en dégoûts, il descendra si bas,
Que son âme à la fin se lassera du monde ;
Car la débauche infame est une mer profonde,
Un abîme sans fond duquel on ne sort pas ! —
Je me trompe, on en sort escorté par un guide
Qui, pas à pas, vous mène à l'affreux suicide. —

IX

Le suicide affreux ! voilà ! voilà le port ;
Voilà tout ce qui reste à l'aveugle jeunesse,

Lorsqu'elle a dépensé dans une folle ivresse
Les plus beaux de ses jours. — Elle accuse le sort ;
Elle meurt, maudissant dans un dernier blasphème
Les femmes et l'amour, l'univers et Dieu même ! —

X

Insensé, pourquoi donc ces malédictions ?
Ne savais-tu donc pas qu'en suivant cette route
On arrive à la mort en passant par le doute ?
Pourquoi brûler ton âme au feu des passions ?
En faisant de ta vie une débauche immense,
Tu devais venir là, c'était réglé d'avance. —

XI

J'ai vu des insensés, vivant au jour le jour,
User dans la débauche une mâle énergie. —
Je les ai vus sourire à leur dernière orgie. —
Ils ensevelissaient dans un brutal amour
La sève de leur vie et leur intelligence !...
Dans leurs cœurs, la nature a trouvé sa vengeance.

XII

Je les ai vus mourir comme ils avaient vécu,
Blasphémant encor Dieu sur le bord de leur tombe.
L'homme par la débauche à la fin est vaincu,
Et par le suicide, hélas! plus d'un succombe.

.   .   .   .

.   .   .   .

XIII

Fuyez, ô jeunes gens! fuyez ces débauchés
Qui n'ont rien dans le cœur de ce qui fait les hommes.
J'en ai vu des milliers dans la ville où nous sommes,
Dans ce Paris impur! — La mort les a fauchés! —
Tombés avant le temps, sans finir leur carrière,
Dieu n'a pu les souffrir sous sa sainte lumière. —

XIV

Surtout, ne croyez pas ces sages criminels
Qui disent que l'amour est la seule sagesse,

Et que le vrai bonheur se trouve dans l'ivresse.
Il n'en fut jamais rien, — car les pauvres mortels
N'ont jamais pu trouver de véritable joie,
A plus forte raison en suivant cette voie. —

XV

Le vide vous étreint quand le plaisir n'est plus ;
Le réveil est affreux quand l'ivresse est passée.
Que la coupe à vos pieds soit plutôt renversée,
Que d'aller vous créer des regrets superflus. —
Non, jamais le vrai sage, au milieu d'une fête,
Avec ces fleurs d'un jour ne parera sa tête. —

. . . .

. . . .

Juillet 1852.

A M. BARROIS

III

L'amitié quelquefois prend racine en un cœur,

    Ainsi qu'un lierre au milieu des ruines

Implante pour toujours ses profondes racines.

Brave de ces vieux murs la ténébreuse horreur,

Arrache-le, ce lierre, à ses vieilles murailles ;

    Et tu verras, pâlissant de terreur,

L'édifice en croulant te montrer ses entrailles. —

                1852.

AU COLLÈGE DE PARAY

IV

> « Prends le deuil avec moi,
> nature ! Ils ne reviendront
> plus ces jours paisibles. Ja-
> mais un souffle délicieux ne
> rafraîchira ma brûlante poi-
> trine... C'en est fait, c'en est
> fait sans retour ! »
>
> SCHILLER.

Vous voilà, lieux charmants, séjour de l'innocence,
Beaux lieux où j'ai passé l'aurore de mes jours,
Asile où j'ai vécu dans l'ombre et le silence,
    Embrasé de chastes amours. —
Salut, ô mes amis ! et vous, douces campagnes !
    Salut torrents, forêts, montagnes,
    Vous qui peuplez mon souvenir !
Je reviens aujourd'hui brisé par la souffrance,
Triste, désenchanté, lassé de l'espérance,
    Pleurant sur mon sombre avenir.

Pour mon cœur malheureux que vous avez de charmes !
Oui, quand je vous revois, je cesse de pleurer,
Car j'ai souffert longtemps, j'ai versé bien des larmes ;
  Mon cœur a cessé d'espérer. —
Je te reconnais bien, séjour de ma jeunesse,
  Asile où jamais la tristesse
  Ne m'a fait répandre de pleurs ! —
Oh ! quel air doux et pur ! Quel baume salutaire
Vous versez sur un cœur souffrant et solitaire,
  Rongé par de sombres douleurs ! —

II

Qu'entends-je dans les airs ? un son chéri résonne !
Je reconnais ces sons. Vibrez, vibrez encor :
Vous allez à mon cœur, la douleur l'abandonne...
  Loin de moi je sens fuir la mort. —
Pourquoi me cherchez-vous ainsi dans la poussière ?
  Ah ! de ma jeunesse première
  Me rendrez-vous le tendre espoir ? —

Me rendrez-vous la joie, ô sons doux et célestes ?

Pouvez-vous de mes jours ranimer les vains restes,

 Rendre un soleil à mon ciel noir ?

III

De mes premiers projets là gisent les ruines...

Enfant, à l'avenir je prêtais des couleurs.

Ce n'était qu'une rose au milieu des épines,

 Qu'un rêve au milieu des douleurs. —

J'étais heureux alors !... Dans mon ciel sans nuages

 Flottaient de riantes images.

 Tranquille en ma sérénité,

Je croyais toujours voir des fleurs border ma route.

Oh ! alors j'ignorais que les pleurs et le doute

 Tromperaient ma crédulité. —

Oui, tout a bien changé ! De près j'ai vu la vie,

Son souffle destructeur a tout flétri chez moi ! —

J'ai vu tout me sourire et tromper mon envie ;

Du malheur j'ai subi la loi. —

J'ai vu l'homme courir d'abîmes en abîmes,

Et partout j'ai vu des victimes ;

J'ai vu des projets de géants,

Des hommes qui, joyeux, couraient à la fortune ;

Et triste, je voyais vers une fin commune

Marcher tous ces pompeux néants ! —

IV

Age d'or de ma vie, ô souvenirs d'enfance !

Rendez un peu de calme à mon cœur abattu ;

Laissez-moi me rouvrir à la fraîche espérance.

Au moins j'ai gardé ma vertu,

Si le sort sous son poids a fait plier ma tête.

Quand sur moi grondait la tempête,

Quand voguant d'écueil en écueil,

J'entendais l'ouragan qui déchirait ma voile,

Je l'invoquais toujours ; c'était la seule étoile
    Qui brillait sur mon âme en deuil. —

Mais je revois enfin de plus riants rivages,
Je contemple ces lieux chers à mon souvenir ;
C'est un moment de calme au milieu des orages,
    Dans mes pleurs un peu de plaisir. —
Salut, ô mes beaux jours ! vous ravivez mon âme ;
    Hélas ! mon pauvre cœur s'enflamme
    Au souvenir d'un doux passé ! —
Mais bientôt, vous aussi, me laissant dans les larmes,
Vous fuirez loin de moi ; je verrai fuir vos charmes,
    De même qu'un songe effacé. —

Que me restera-t-il dans ma lourde misère ?
Plus rien qu'un souvenir que les temps détruiront ;
Et plus jamais, hélas ! une joie éphémère
    Ne viendra briller sur mon front. —
Que viens-je faire ici ?... Non, le malheur m'entraîne ;
    Déjà le bruit sourd de ma chaîne

M'arrache à ma félicité :
Comme le prisonnier qui, sortant d'un doux rêve,
Entre-choque ses fers, et dont le bruit l'enlève
A son rêve de liberté. —

V

Je reprends ma misère et j'oublie un vain songe.
C'en est fait, je m'éloigne et reprends mon fardeau ;
Il n'est plus rien pour moi : la douleur qui me ronge
Va me suivre dans mon tombeau. —
Ce n'était qu'un éclair qui brillait dans mon ombre
Et qui rendra ma nuit plus sombre.
Adieu donc lieux chéris, vous tous
Qui me vîtes enfant ; ô destin déplorable !
Vous me revoyez homme, et je suis misérable ;
De vos destins je suis jaloux. —

Gardez votre bonheur, suivez votre carrière ;

Pour moi je me résigne et subirai mon sort. —

De moi souvenez-vous, et dans votre prière,

Daignez me souhaiter un port ! —

Puissiez-vous éviter les écueils de la vie,

Et puisse votre âme ravie

Ne pas se flétrir ici-bas !...

Amis, soyez heureux ! puisse le ciel m'entendre ;

Quand je ne serai plus, puisse-t-il vers ma cendre

Par hasard conduire vos pas ! —

Octobre 1852.

L'AMITIÉ

—

V

—

FRAGMENT

—

L

L'amitié, c'est encor bien rare sur la terre ;
C'est un présent du ciel que les cœurs généreux
Peuvent seuls s'estimer de posséder entre eux. —
Je dirai qu'ici-bas on est bien peu sincère,
Que chacun dissimule au lieu de s'épancher ;
Que l'homme est ainsi fait et qu'il ne peut changer.

LI

Des amis, pour ma part, je n'en ai pas trouvé,
Et pourtant, Dieu le sait, aux jours de ma jeunesse,
Je ne marchandais pas ma crédule tendresse.
Ah ! quel déboire affreux n'ai-je pas éprouvé !
Que de déceptions, que de larmes amères
Le ciel m'a vu verser dans ces jours de misères ! —

LII

Les larmes, aujourd'hui je ne les connais plus. —
J'ai su rompre ici-bas : — j'ai vu mon dernier rêve
S'éteindre et s'en aller avec mes jours perdus;
J'ai su trouver l'oubli. — Si le ciel me l'enlève,
S'il fallait repasser par cet affreux chemin,
Je le jure, ce jour serait sans lendemain. —

LIII

Un ami! c'était là le plus doux de mes songes;
Ce fut mon premier rêve et mon premier désir.

Le ciel n'a pas voulu m'accorder ce plaisir,

Car partout je n'ai vu que l'homme et ses mensonges,

Que des semblants d'amour, des semblants d'amitié ;

Je n'ai même jamais rencontré la pitié. —

LIV

Après tout, la pitié touche à l'indifférence ;

Ici, comme partout, vous trouvez l'inconstance :

On vous plaint aujourd'hui, demain on rit de vous.

Croyez-moi, concentrez vos peines dans votre âme :

La pitié pour guérir est un mauvais dictame ;

Il vaut mieux les garder que de les dire à tous. —

LV

Je l'avoûrai pourtant : j'ai trouvé dans ma vie

Une amitié fidèle, un rare attachement,

Et qui n'a pas failli jusqu'au dernier moment :

C'était un beau vieillard, à la tête blanchie,

Qui savait écarter les ronces sous mes pas,

Et qui connaissait bien toute chose ici-bas ! —

LVI

Il m'avait devancé dans ce rude voyage,
Hélas ! et dans la tombe il sommeille aujourd'hui.
Il vécut avant moi, mais je reste après lui.
Je n'entendrai donc plus cette voix douce et sage
Qui savait consoler mes plus vives douleurs ;
Je ne verrai donc plus son sourire ou ses pleurs !

LVII

Qui me rendra ces jours où sa rare sagesse
Se plaisait à former mon cœur et ma jeunesse ;
Ces jours, où comme un père il consolait si bien
Mon pauvre cœur en deuil?... Ces jours, où sa parole
Me disait qu'ici-bas la vertu nous console,
Et que la foi surtout est le plus fort soutien ? —

LVIII

Ah ! s'il vivait encore, il me rendrait sans doute
L'espérance et la foi ; puis me montrant ma route,

Il m'encouragerait de son regard divin. —

Il n'est plus, et je suis bien seul sur cette terre ;

Il a volé vers Dieu, comme l'aigle à son aire,

Et je suis resté seul sur ce triste chemin ! —

LIX

Du fond de son tombeau qu'il daigne au moins m'entendre.

Et quand j'irai pleurer à genoux sur sa cendre,

Quand mon cœur déchiré se souviendra de lui ;

Ah ! qu'il m'envoie au moins un rayon d'espérance,

Qu'il me prenne en pitié! — Dans ma dure souffrance,

Maintenant qu'il n'est plus, je n'ai pas un appui. —

. . . .

. . . .

LX

Voilà pour l'amitié : — celle-ci fut un rêve

Qui commence aujourd'hui, mais qui demain s'achève.

Elle a duré trop peu; j'ai perdu ce trésor

Qui faisait autrefois la force de mon âme.

Ce n'est qu'un souvenir que sa cendre réclame,
Qu'un souvenir que j'aime et que je garde encor. —

LXI

Parfois dans mon orgueil je me fais une gloire
D'avoir un cœur de glace et dur comme un rocher.
Mais quand je me souviens de cette triste histoire,
Quand malgré moi je pense à ce qui me fut cher ;
Dans mes yeux desséchés je sens germer des larmes,
Comme un soldat vaincu je dépose les armes.

LXII

Oui, je mets de côté ce triste et fier orgueil
Qui chassa de mon cœur la joie et la tendresse.
Oui, j'apprends à pleurer comme dans ma jeunesse,
Quand de ceux que j'aimais je rouvre le cercueil. —
Que de fois, à genoux, j'ai pleuré sur la pierre
Qui pour toujours, hélas ! me cache leur poussière !

LXIII

Que de fois j'ai levé les regards vers le ciel,
Espérant les revoir dans ces chastes étoiles

Qui brillent quand la nuit étend ses sombres voiles !
Que de fois, repoussant cette coupe de fiel,
Où depuis si longtemps je bois jusqu'à la lie,
J'ai désiré les suivre aux lieux où l'on oublie ! —

LXIV

Ils n'ont pas entendu les cris de mes douleurs,
Et je reste ici-bas pour souffrir en silence,
Sans une main d'ami pour essuyer mes pleurs.
Je reste seul avec mon affreuse science
Qui fait que désormais je n'ai plus foi dans rien,
Et que jamais un cœur ne battra près du mien ! —

. . . .
. . . .
. . . .

A MADEMOISELLE MARIE LOUVEL

VI

Riez : n'attristez pas votre front gracieux,
Votre œil d'azur, miroir de paix et d'innocence
Qui révèle votre âme et réfléchit les cieux.

V. HUGO.

Jeune enfant, approche et dis-moi :
Pourquoi si doux est ton sourire ?
Pourquoi mon cœur est en émoi,
Lorsqu'en silence je t'admire ? —

Dis-moi pourquoi j'aime à te voir
Dans tes jeux si vive et rieuse ?...
Pourquoi ton front est le miroir
De ta jeune âme radieuse ?

Car, vraiment, je ne vis jamais
Plus doux sourire et frais visage.
Tant de grâce embellit tes traits...
Enfant, si doux est ton langage !

Oui, ton langage harmonieux
Sait me faire oublier le monde ;
En te voyant, je songe aux cieux...
Un bonheur céleste m'inonde !

Ah ! s'il se peut, garde toujours
Ta candeur et surtout ta grâce.
Sois donc heureuse, et que tes jours
Coulent purs comme l'eau qui passe !

De toi je veux me souvenir :
Enfant ! ces vers en sont le gage;
Oui, tu pourras, à l'avenir,
Dans mon cœur revoir ton image.

Août 1854.

A UNE VICTIME DE LA CALOMNIE

VII

C'est que la calomnie est semblable à la foudre;
Elle choisit souvent pour le réduire en poudre
Le plus pur diamant.

                                        VEYRAT.

Vous ne connaissiez pas ce monstre, roi du monde,

Qui naît et qui grandit dans une ombre profonde ;

    Semblable à ce reptile impur,

Qui roule ses anneaux à travers les décombres,

Dont le souffle est mortel et dont les regards sombres

    Du ciel craignent le tendre azur. —

Vous ne connaissiez pas l'impure calomnie,
Ce monstre des enfers! dont l'horrible génie
    Aime à souiller toute vertu. —
Vous n'avez pas frémi, car votre âme était pure.
Vous avez dit, osant sourire de l'injure :
    « Non, cela ne m'était pas dû! »

Sans doute, mais qu'importe;—hélas! souvent le crime
Jouit impunément de la publique estime. —
    La calomnie, il la craint peu. —
Ils se donnent la main, ils travaillent ensemble.
Pour flétrir et souiller, l'enfer seul les rassemble !
    C'est là la volonté de Dieu. —

Car le Seigneur a dit : « Heureux celui qui souffre !
» Celui qui se débat et gémit dans le gouffre
    » Où les méchants l'ont entraîné ! »
Croyez-moi, ce sont là des épreuves divines.
Le front de Jésus-Christ d'opprobres et d'épines
    N'a-t-il pas été couronné?...

Et d'ailleurs, la vertu n'en est que plus sublime,
Car elle doit parfois lutter avec le crime,
    Afin de se fortifier !...
Tout lac a sa tempête et son abîme sombre.
La vertu qu'on outrage, en sortant de son ombre,
    Grandit à se justifier.

Laissez donc à vos pieds rugir la calomnie ! —
En vous trouvant sans crainte, elle sera punie.
    Surtout, plaignez les malheureux
Dont la seule espérance est de souiller et nuire.
Et puisque votre cœur ne sait pas les maudire,
    Eh bien ! priez encor pour eux. —

                7 août 1854.

A MONSIEUR L. L.

VIII

> Ceux qui auront semé dans
> les larmes moissonneront dans
> l'allégresse.
>
> Ps. CXXV.

I

J'ai vu l'humanité sous de tristes images.

J'ai lu dans bien des cœurs, j'ai vu bien des visages,

    Mais je n'ai jamais rencontré

La bonté, les vertus qui remplissent votre âme.

Oui, vous avez au cœur une céleste flamme;

    C'est vous que j'ai tant désiré ! —

C'est vous que j'attendais, que je cherchais sur terre;
Car, quoique jeune encor, j'ai vécu solitaire,

    Courbé sous le poids du malheur !

C'est vous que j'attendais, quand, dégoûté du monde,
Mon cœur se retirait dans sa fierté profonde

    Et s'abritait dans sa douleur.

Car vous, vous n'êtes pas ami de cette foule
Qui regarde en riant ceux qu'emporte la houle

    Sur ce sombre océan humain.

Vous avez dans votre âme une pitié sincère
Pour chaque malheureux qui vous paraît un frère,

    Et vous lui tendez votre main ! —

II

Lorsque, pauvre égaré, j'errais à l'aventure,
Quand lassé de la lutte, accusant la nature,

    J'allais succomber sous ses coups ;

Quand doutant de moi-même et pliant sous l'orage,

Je n'avais plus en moi ni force ni courage :

     Soudain, je fus sauvé par vous ! —

. . . .

. . . .

Mes luttes, mes tourments, pourquoi vous les redire?

Non, que le bonheur seul fasse vibrer ma lyre,

     Je veux oublier le passé.

Je veux, ami, je veux dans ma reconnaissance

Ne parler que de vous, de votre bienfaisance ;

     Que le reste soit effacé ! —

Oui, je veux dire ici, dire que je vous aime,

Pour vos nobles vertus, pour votre bonté même,

     Car seul vous m'avez pris la main ;

Car seul vous m'avez dit : « Oui, prends courage, espère !

» Ne voit-on pas le soir plus brillant sur la terre

     » Après un orageux matin ?...

» Ainsi de même, enfant, il sera de ta vie :

» La gloire et le bonheur combleront ton envie.

» Crois-moi, tu fis bien de souffrir :

» Rien ne forme notre âme autant que l'infortune,

» Et d'ailleurs, tu le sais, c'est cette loi commune

    » Qui fait le sage et le martyr.

» N'accuse pas le ciel, mais bénis ta souffrance.

» Ne te reste-t-il pas l'avenir, l'espérance,

    » Et n'as-tu pas mon amitié? »

Oui, sans doute, — et dès-lors votre voix qui console

Me prodigua sans cesse une douce parole,

    Une sainte et noble pitié. —

III

Eh bien ! soyez béni, vous si grand et si tendre ;

Laissez-moi vous aimer, ah ! laissez-moi vous rendre

    Ce tribut si juste et sacré. —

Laissez-moi dire ici, que jamais dans le monde

On ne pourrait trouver la charité profonde

    Dont votre cœur est altéré ! —

La sainte charité, la charité chrétienne

Qui veut que sur la terre on s'aime, on se soutienne ;

Oh ! oui, vous, vous la comprenez : —

Vous pratiquez si bien cette vertu sublime,

Que lorsque des méchants vous vous trouvez victime,

Souriant, vous leur pardonnez ! —

Oh ! je vous connais bien, et si je vous admire,

Je vous aime encor plus que je ne puis le dire !

Ah ! qu'au moins le ciel, que le ciel

Se charge d'acquitter cette dette sacrée,

Car vous avez changé sous ma lèvre altérée

L'absinthe amère en un doux miel.

Car vous m'avez rendu l'espérance et ses songes ;

Car j'ose de nouveau croire à ces doux mensonges :

La gloire et surtout le bonheur ! —

Si je vois s'accomplir ce rêve de ma vie,

Si la gloire surtout couronne mon envie,

Ami, vous en aurez l'honneur. —

Août 1854.

A LA LYRE

IX

Sur cette terre infortunée
Où tous les yeux versent des pleurs ;
Toujours de cyprès couronnée,
La lyre ne nous fut donnée
Que pour endormir nos douleurs.

LAMARTINE.

Il vient un temps où de la lyre
La corde ne sait plus vibrer,
Où le souffle qui nous inspire
Dans notre âme semble expirer.

Un temps où nous versons des larmes
En contemplant notre avenir,
Où nous ne trouvons que des charmes
Dans les douceurs du souvenir.

Il vient un temps où l'espérance
Hélas ! perd ses ailes d'azur ;
Où les regrets et la souffrance
Ternissent le ciel le plus pur.

Un temps où tout nous abandonne,
Où nous regrettons nos beaux jours ;
Où s'effeuille aussi la couronne
Des doux plaisirs et des amours.

O Lyre ! la voilà cette heure,
Où nous devons nous séparer :
Aujourd'hui ma main qui t'effleure
Ne sait plus te faire vibrer.

Et pourtant, tu devrais encore
Gémir quand je verse des pleurs ;
Car sans toi notre cœur ignore
Le doux langage des douleurs.

Lyre ! jamais, dans ma jeunesse,
Tu ne chantas de chants joyeux ;
Les pleurs, le deuil et la tristesse
A mon âme convenaient mieux.

Je fuyais la joie et les fêtes...
Nous aimions à gémir tous deux.
Mon ciel était gros de tempêtes !...
Et nous vivions loin des heureux.

O lyre, ô ma meilleure amie !
Seule, tu sus me consoler :
Quand j'étais lassé de la vie,
Quand le sort venait m'accabler.

Tu sus défendre l'innocence
Et prêcher toutes les vertus ;
Mais nous chantions dans le silence :
Et bientôt je ne serai plus !...

J'irai dans ma sombre demeure
Dormir d'un sommeil éternel.
Tes cordes que ma main effleure
Ne vibreront qu'aux vents du ciel.

Pendue aux cyprès de ma tombe,
Tu diras encor mes douleurs...
Oui, tu diras que je succombe
Sous le fardeau de mes malheurs.

La nuit, au milieu des ténèbres,
Résonne au souffle des zéphirs ;
Fais entendre des sons funèbres,
Et que tes chants soient des soupirs !

Adieu ! tu consolas ma vie...
Tu sais me consoler encor. —
Adieu : que la haine et l'envie
Te respectent après ma mort !

Août 1854.

LIVRE QUATRIÈME

———

FRAGMENT DRAMATIQUE

———

LES FILS DE CHARLES-QUINT

DRAME HISTORIQUE EN CINQ ACTES ET EN VERS

ACTE IV

SCÈNE Ire

La scène est à Madrid, dans le palais de Philippe II. — Le roi est seul, assis près d'une table, et paraît plongé dans une profonde méditation.

LE ROI.

Quand dans mes souvenirs je repasse ma vie,
Je vois que tout sur terre a trompé mon envie. —
J'ai pitié de moi-même, et si grand que je sois,
Je vois trop que je suis le plus pauvre des rois ! —

Pas un sujet qui m'aime, et, destin déplorable !

Ceux qui peuvent m'aimer, mon pouvoir les accable.

Je redoute ou je hais ; je frappe et bien souvent

Je regrette celui que je craignais vivant. —

Lorsqu'il n'existe plus, toute ma haine tombe,

Et je voudrais après le reprendre à la tombe.

(Il se lève et passe une main sur son front.)

Non, je veux oublier, je vaincrai les remords.

Pourquoi les regretter maintenant qu'ils sont morts ?

Les ai-je condamnés sur un simple caprice ?

Non, non, je le devais : — leur mort, c'était justice !

— Et pourtant quelquefois, quand je songe à Carlos,

J'entends autour de moi d'effroyables échos

Me répéter encor sa dernière menace. —

Non, c'était juste ; a-t-il seulement crié : Grâce ?

Ah ! le traître, son sort était trop mérité,

Et j'ai bien fait d'user de mon autorité. —

N'y songeons plus : — le ciel approuva ma vengeance,

Et les remords sur moi n'auront pas de puissance,

Car je fus toujours juste. —

(Il arpente la scène à grands pas.)

Oui, dans l'Escurial,

J'irai dormir sans tache à mon manteau royal,

J'entrerai sans frémir dans ses sépulcres sombres.

S'il le faut, j'irai dire à leurs illustres ombres,

Que si je fus forcé d'être si rigoureux,

J'en fus le plus à plaindre et le plus malheureux.

— Et d'ailleurs, j'ai souvent su dompter ma colère,

J'ai condamné mon fils, mais j'épargnai mon frère !

Le traître vit encore, et grand dans les combats,

Du bruit de ses exploits il remplit mes Etats.

Je vis sombre, inquiet ; ma vie est triste et noire,

Et lui, je disparais sous son manteau de gloire.

Il triomphe à ma place, et bientôt mes sujets...

Mais le jour est venu d'accomplir mes projets

Et de me délivrer des craintes qu'il m'inspire.

(Le duc d'Albe paraît dans le fond.)

Qui vient là ? le duc d'Albe !

A ce moment du drame, Philippe II, après s'être débarrassé de son fils don Carlos, n'aspire plus qu'à en finir avec don Juan d'Autriche, dont la gloire fatigue sa jalousie et son orgueil.

SCÈNE II.

LE ROI, LE DUC D'ALBE.

LE DUC.

Oui, c'est moi-même, Sire.
Je viens vous annoncer des triomphes nouveaux.
Votre frère a comblé ses glorieux travaux ;
Il est encor vainqueur, il triomphe à Lépante,
Et devant lui les Turcs ont fui dans l'épouvante.

LE ROI.

Encore !

LE DUC.

Votre frère a dans un seul moment
Terrassé le lion de l'empire ottoman.
Sélim deux est vaincu; sa flotte tout entière

Est restée à Lépante.

LE ROI (à part).

Et vaincu par mon frère!

(Au duc d'Albe, avec inquiétude.)

Mais de lui, du vainqueur, n'avez-vous rien appris ?

LE DUC.

De son triomphe il vient vous demander le prix ;
Il est près de Madrid, et bientôt de lui-même...

LE ROI.

Mais Madrid, que dit-il ?...

LE DUC.

Son transport est extrême,
Et don Juan d'Autriche exalté jusqu'aux cieux...

LE ROI.

C'est vraiment trop d'honneur pour cet audacieux.
Cet homme est trop célèbre !

(Ici on entend les cris de : *Vive don Juan d'Autriche!*)

LE DUC.

Entendez-vous sà joie ?

LE ROI.

Oui, duc, c'est bien son nom que mon peuple m'envoie.
Ah ! ce peuple est ingrat, — il oublie aujourd'hui
Que depuis si longtemps que je veille sur lui,
Jamais de son amour je n'eus pareille marque ;
Il reste calme et froid devant son vrai monarque ;
Mais pour un vil bâtard revenant des combats,
Il irait volontiers, se courbant sous ses pas,
Sur son front insolent déposer ma couronne !
Ah ! puisque c'est pour lui que Madrid m'abandonne,
Et puisque ma couronne a tremblé sur mon front,
Je saurai cette fois me venger de l'affront.
Non, je n'attendrai pas que mon trône s'écroule :
Je suis encor le roi ! — Pour l'apprendre à la foule,
Je saurai renverser cette idole d'un jour. —
Duc, vous en conviendrez, mon peuple a trop d'amour
Pour lui ! —

LE DUC.

Ce n'est pas tout : — selon la renommée,
Il paraîtrait qu'il est le dieu de son armée.
Ses soldats pour lui seul prodiguent leur valeur ;

Pour préserver sa vie ils donneraient la leur,

Et s'ils courent ainsi de victoire en victoire,

C'est parce que leur chef veut se couvrir de gloire.

Ils le savent bien, Sire, et pour le contenter,

Pour flatter son envie, ils sauront tout dompter.

(Le roi l'interrompt par un geste terrible.)

LE ROI.

Ah ! duc, sans m'indigner je ne puis vous entendre.

LE DUC.

Sire !

LE ROI.

Votre devoir était de me l'apprendre ; —

Car, l'ayant su plus tôt, j'aurais à tant d'orgueil

Su creuser une tombe ou dresser un écueil.

Depuis longtemps déjà (vous m'en croyez sans doute)

J'aurais su pour toujours l'arrêter dans sa route.

Madrid ne verrait pas son triomphe orgueilleux,

Et moi, j'aurais su fuir ce spectacle odieux.

Je l'ai dit pour Carlos ; je vous le dis encore :

Vous avez trop tardé, ce jour me déshonore. —

12

LE DUC.

Je n'aurais jamais cru que l'épée à la main
Il se serait ouvert un si vaste chemin.
Il marche devant lui sans que rien ne l'arrête,
Et dans chaque bataille il compte une conquête ;
Il a d'abord soumis les Maures révoltés,
Puis, voilà qu'aujourd'hui les Turcs épouvantés
Au seul bruit de son nom, à sa seule présence,
Terrassés pour toujours, rentrent dans le silence.
Et pourtant, ils étaient partout victorieux :
Le monde entier cédait à leurs flots furieux...

(Le roi l'interrompt de nouveau par un geste terrible.)

LE ROI.

Prenez-vous donc plaisir à me vanter sa gloire ?
On dirait que moi seul j'ignore son histoire.
Je la sais comme vous. — Donnez-moi des conseils ;
Ils me serviront mieux que des discours pareils.

LE DUC.

Que pensez-vous de lui ?

LE ROI.

Vous l'ignorez peut-être ?

LE DUC.

Avant de le juger il faudrait le connaître.

LE ROI.

Taisez-vous, — je connais ses plans ambitieux :
Sa gloire, ses hauts faits parlent trop à nos yeux.
Ne voyez-vous donc pas que Madrid m'abandonne,
Que ce jeune insensé prétend à ma couronne?
Ah! vous êtes aveugle; et qui sait si pour lui
Vous-même n'irez pas me trahir aujourd'hui?

LE DUC.

Ah! Sire, je n'ai pas mérité cette offense.

LE ROI.

Retrouvez donc alors votre ancienne prudence;
Parlez, conseillez-moi. —

LE DUC.

Bien, Sire, j'oublîrai...

Et si vous l'ordonnez, eh bien ! je parlerai.

(Les cris recommencent encore.)

LE ROI.

Entendez-vous ces cris ? —

LE DUC.

Il arrive sans doute.

LE ROI.

Qu'il arrive, c'est là le terme de sa route ;
Il n'ira pas plus loin, j'arrêterai ses pas.
Moi vivant, sur mon trône il ne montera pas.
Ma haine qui dormait s'éveille plus ardente ;
Je l'abhorre encor plus, la foule est trop contente.

LE DUC.

Sire, depuis longtemps nous n'avons jamais pu
Achever un projet sans cesse interrompu.
Jamais les Pays-Bas n'ont voulu reconnaître
Dans Votre Majesté leur véritable maître.
Ce peuple seul résiste, et votre volonté

N'a jamais vu plier leur courage indompté.

LE ROI.

Pourquoi le rappeler?

LE DUC.

Qu'il parte aujourd'hui même.

LE ROI.

Moi, je l'investirais de ce pouvoir suprême
Qu'il prétend m'arracher? Ah! taisez-vous : jamais !

LE DUC.

Sire, puisque partout il compte des hauts faits,
Puisque rien ne résiste à son vaillant courage,
Eh bien! confiez-lui ce difficile ouvrage ;
Oui, laissez-le partir. — Caressez son orgueil ;
Mais, croyez-moi, là-bas il trouvera l'écueil.
Sachez que dans Madrid il ne faut pas qu'il tombe ;
Nous devons lui cacher jusqu'au lieu de sa tombe.
Et d'ailleurs, j'en suis sûr, ce peuple furieux
Vous débarrassera de cet audacieux !

LE ROI.

Non, je ne vous crois pas, et ce qui m'importune,

C'est de savoir cet homme aidé par la fortune ;

Il faut que le destin veille trop sur son sort,

Pour qu'il ait échappé tant de fois à la mort ! —

Au plus fort des combats il conserve sa vie ;

En tout, la destinée exauce son envie.

Ah ! je crains pour moi-même, et je tremble à mon tour !

Oui, duc, le destin veut qu'il me détrône un jour.

LE DUC.

Non, Sire, car avant il cessera de vivre,

Si, prisant mes conseils, vous voulez bien les suivre.

LE ROI.

Vous croyez ?

LE DUC.

J'en réponds !

LE ROI.

Eh bien ! qu'il parte alors.

Vous vous chargez de tout ?

(A part.)   Sans crime et sans remords,

Je serai délivré de ce glorieux frère.

(Au duc d'Albe.)

Mais si vous me trompez, redoutez ma colère.

LE DUC.

Sire, vous connaissez quel est mon dévoûment ;
Et je vous jure ici...

LE ROI.

J'en crois votre serment.

LE DUC.

Mais voilà votre frère.

LE ROI.

Ah ! vraiment ?

LE DUC.

Il s'avance.

(Don Juan paraît dans le fond. Le roi dit au duc en souriant.)

LE ROI.

Duc d'Albe, il était temps de choisir la vengeance.

(Don Juan s'avance. — Le roi se place à droite au haut de la
scène, le duc d'Albe au-dessous de lui.)

SCÈNE III.

LE ROI, LE DUC D'ALBE, DON JUAN.

DON JUAN.

J'arrive de Lépante, et je viens à vos pieds
Déposer mon épée et surtout mes lauriers.
— Je vous l'avais promis, je vous reviens fidèle.
Comme par le passé, je vous prouve mon zèle :
J'ai combattu pour vous, dompté vos ennemis,
Et peut-être ai-je fait plus que je n'ai promis.
Vous devez tout savoir, Sire : la renommée
A dû vous raconter ce qu'a fait votre armée.

Les Maures sont vaincus; Sélim deux, terrassé ,
Ne fera plus jamais, comme par le passé,
Trembler à son seul nom l'Europe tout entière.
Son orgueil, son pouvoir sont tombés en poussière.
Le golfe de Lépante a caché sous ses eaux
Les débris enflammés de ses derniers vaisseaux ;
Sa marine est détruite, et ses fiers janissaires
Ont cédé cette fois devant leurs adversaires.
— Oui, devant eux l'Europe a cessé de trembler ;
Leur pouvoir formidable a fini par crouler,
Et le ciel secondant notre sainte entreprise,
Le croissant renversé laisse régner l'Eglise;
Car le pape, debout sur son trône sacré,
Peut dire que des Turcs nous l'avons délivré ! —

LE ROI.

J'en suis charmé, mon frère, et si votre langage
Ne grandit pas ici la valeur de l'ouvrage...

DON JUAN.

Ah ! Sire, quand je parle au nom de vos soldats,
Je crois que de nous tous vous ne douterez pas.

D'ailleurs, vous le voyez, j'abdique ici ma gloire,
Car en votre nom seul j'ai gagné la victoire.
Ma gloire véritable, et la seule où j'ai droit,
C'est d'avoir pu servir et défendre mon roi.

LE ROI (au duc).

C'est peu d'être vaillant, il est encor modeste.

DON JUAN.

Non, je n'ai pas d'orgueil; tout en moi vous atteste
Que j'ai voulu rester fidèle à mes serments.

LE ROI.

Mais Madrid vous a fait de doux remercîments?

DON JUAN.

Je n'y suis point sensible, — et pour être sincère...

LE ROI.

Vous désirez les miens.—Eh bien! sachez, mon frère,
Que je suis aujourd'hui si fier de vos grands coups,
Que je prétends encor vous employer pour nous.
Le cas est difficile, et sur vous je me fie. —

DON JUAN.

Ah! Sire, vous pouvez disposer de ma vie! —

LE ROI.

Ce dévoûment me plaît, je vous en fais l'aveu;
Je vais donc m'en servir et l'éprouver sous peu. —
Il s'agit maintenant de dompter des rebelles.
Mon pouvoir est encor méconnu dans Bruxelles.

(Regardant le duc d'Albe qui fait un geste.)

Le duc d'Albe n'a pu (pour lui c'est malheureux)
Me donner le plaisir de triompher sur eux.
Je n'espère qu'en vous. — Que ce peuple obéisse !
Et si vous me rendez cet illustre service,
Vous aurez mis le comble à vos nobles travaux.
D'ailleurs, j'attends de vous des triomphes nouveaux,
Et bientôt par vos soins je règnerai tranquille.

DON JUAN.

Sire, vous me chargez d'une œuvre difficile :
N'importe, j'essaîrai! — Je ferai mes efforts.

Si je reviens vaincu, ce sera sans remords,

Car, vous n'en doutez pas, pour vous en rendre maître,

Sire, j'aurais tout fait ! — Mais, je crois que peut-être

Vous daignerez m'entendre et me récompenser.

Au couvent de Marie, ah ! laissez-moi passer,

Mon frère ; accordez-moi cette dernière joie ;

Avant de m'éloigner, souffrez que je la voie !

Puisque votre sujet vous revient triomphant,

Ah ! qu'il embrasse au moins sa femme et son enfant !

Voilà, Sire, voilà ma seule récompense,

Ou plutôt, non, j'attends tout de votre clémence.

LE ROI (à part).

Le traître l'aime encor.

DON JUAN.

Sire !

LE ROI.

A votre retour,

Mon frère, je pourrai céder à tant d'amour.

Oui, je vous les rendrai ; — mais que votre courage

S'efforce auparavant d'achever cet ouvrage.

DON JUAN.

Bien, j'ai votre promesse, et maintenant je crois
Que vous pouvez compter sur de nouveaux exploits.
Sire, cette espérance a comblé mon envie,
Et je veux conserver et ma gloire et ma vie.
Si je reviens vainqueur, ah ! je reviens heureux,
Car vous exaucerez le plus cher de mes vœux.

LE ROI.

Bien, je vous investis de mon pouvoir suprême ;
Vous partirez sous peu.

DON JUAN.

Je pars aujourd'hui même !

LE ROI.

Dieu vous garde mon frère.

(Au duc d'Albe en sortant par le fond.)

Il ne reviendra pas ! —
Vous vous êtes chargé du soin de son trépas.
Sortons : quand je le vois ma haine est trop ardente.

(Don Juan le regarde sortir avec inquiétude.)

SCÈNE IV.

DON JUAN.

Que croire ? sa clémence a passé mon attente.
Il me trompe, je l'ai trouvé trop généreux.
Se reprocherait-il mon destin malheureux ?
Serait-il désarmé par tant d'obéissance,
Ou bien serait-il las de sa rude puissance ?
Et pour se reposer de tant de cruauté,
Voudrait-il maintenant essayer la bonté ?

(Il s'assied.)

Je ne sais que résoudre. Oh ! non, je ne puis croire
Qu'il me rende Marie et pardonne à ma gloire ;

Et pourtant j'aurais dû désarmer sa rigueur,

Je l'ai tant supplié, moi, qui reviens vainqueur.

Non, non, c'est impossible, à tort je le soupçonne.

Après avoir ainsi défendu sa couronne,

Agrandi ses Etats, dompté ses ennemis,

J'espère qu'il tiendra tout ce qu'il m'a promis.

Je vais partir, je vais encore dans Bruxelles

Mériter sa clémence en domptant les rebelles.

LIVRE CINQUIÈME

1852-1854

A S. M. L'EMPEREUR NAPOLÉON III

———◦◦◦———

I

> « C'est du ciel que descendent ceux qui conduisent les nations, et c'est au ciel qu'ils retournent! »
>
> CICÉRON.

I

Après avoir vogué dans l'horreur des orages,
Après avoir frémi sur les bords du tombeau,
On se plaît à fouler de plus riants rivages,
    A contempler un ciel plus beau. —
Ainsi l'œil, attristé de nos sombres ruines
    Et de nos luttes intestines,
    Se plaît à s'arrêter sur toi !
Sur toi dont les efforts ont sauvé la patrie,
Et qui sus arrêter cette horde flétrie
    Qui voulait régner par l'effroi ! —

II

Eh quoi! voulaient-ils donc dans leur triste folie
Aiguiser en plein jour le glaive des bourreaux,
Outrager à plaisir l'innocence avilie,
    Aux vertus creuser des tombeaux?...
Voulaient-ils donc aussi dans leur orgueil funeste,
    Bravant la colère céleste,
    De Dieu détruire les autels?
Et du siècle passé suivant la sombre trace,
S'élevant jusqu'à lui par le crime et l'audace,
    Voulaient-ils se rendre immortels?

Ah! leur temps est passé, leur journée est finie.
Non, ils ne verront plus se lever leur soleil;
Ce soleil, qui brilla sur leur sombre agonie,
    N'éclairera plus leur réveil! —
Napoléon triomphe! — et sur tant de démence
    Va régner un profond silence.
    Relevez-vous, fronts abattus!

O France, ô ma patrie ! il te rendra ta gloire,
Et tu verras encor dans ta sublime histoire
    Régner l'honneur et les vertus. —

III

Puisque Dieu l'a voulu, règne donc sur la France :
De l'oncle et du neveu c'était le grand destin.
Entonnons à tes pieds l'hymne de délivrance,
    Et suis ton glorieux chemin ! —
L'Empereur autrefois terrassa l'anarchie...
    Toi, l'héritier de son génie,
    Tu sus dompter ce monstre impur.
Du haut de sa colonne, il a dû te sourire,
Lorsque, dans le chemin qui conduit à l'empire,
    Il t'a vu marcher d'un pas sûr.

Il a dû tressaillir sous son dôme sublime,
Au grand bruit de son nom qui sonnait de nouveau ;

Il a dû s'éveiller, et l'illustre victime

    A revu flotter son drapeau. —

Le jour des grands desseins, va consulter sa cendre...

    Et son ombre saura t'entendre,

    Car il t'a légué son grand nom ! —

Oui, la France a bien fait de consoler sa gloire,

En replaçant ce nom au front de notre histoire,

    Ce grand nom de Napoléon ! —

Oui, l'aigle impériale a dû battre de l'aile ;

Au pied de la colonne elle dormait, hélas !

Elle a dormi longtemps, paisible sentinelle,

    Et s'éveille au bruit de tes pas. —

Regarde-le, ce bronze : — il te dira sans doute

    Que tu dois poursuivre ta route;

    Que le ciel t'avait destiné

A sauver le pays dans un moment suprême.

L'attentat de Marseille a prouvé que Dieu même

    D'avance t'avait couronné ! —

Les assassins surtout consacrent ta puissance.

En voulant t'arrêter dans ton brillant destin,

Ils n'ont fait qu'éveiller le courroux de la France :

Leur complot infernal te fait un droit divin.

IV

Toi qui nous as sauvés, jouis de ton ouvrage.

Puisse la France en paix respirer à tes pieds ;

Reste toujours debout, et que jamais l'orage

    Ne vienne flétrir tes lauriers. —

Hélas ! tout ici-bas doit craindre l'injustice :

    Parfois le peuple, en son caprice,

    Méconnaît ceux qui l'ont sauvé ! —

Puisses-tu ne rien craindre, et, dans ta noble vie,

Puisse passer bien loin des haines de l'envie

    Ton nom dans tous les cœurs gravé ! —

Ton regard doit savoir sonder tous les abîmes...

D'ailleurs, tu sais déjà les combler sous tes pas ! —
Le sort ne peut frapper d'aussi nobles victimes.

  La France, échappée au trépas,
Voyant ses monuments tranquilles sur leur base,

   Dira dans une sainte extase :

  « Lui seul a su les conserver ! »
Ciel, préserve celui qui veille sur ses frères,
Lui qui de la patrie a fini les misères,

  Et dont le bras sut nous sauver ! —

V

A toi seul, désormais, tous les chants de ma lyre,
Car j'aime ma patrie, et toi; son seul soutien ! —
Je n'ai pu résister à mon brûlant délire...

  Ces vœux d'un obscur citoyen,
Daigne les accepter, toi qui sauvas la France. —

   Si Dieu t'a remis la puissance,
Ah ! c'est qu'il te réserve un destin glorieux.

Accepte-s-en l'augure ; — et plus tard, sous tes yeux,

S'il me fallait chanter ta grandeur et ta gloire,

Sire, voici ma plume : — elle écrira l'histoire.

1852.

A S. M. L'IMPÉRATRICE EUGÉNIE

II

C'est là que pour la fête on dresse des trophées.
L'or, la moire et l'azur parent les noirs piliers,
Comme dans ces palais où voltigeaient les fées,
    Dans les rêves des chevaliers. —

V. HUGO.

I

France, tu te disais : « Ma gloire est effacée,

» Et mes propres enfants me déchirent le sein.

» Rien ne peut arrêter leur fureur insensée ;

» Aucun libérateur ne me tendra la main ! »

Et déjà pour mourir, courbant ta noble tête,

      Cédant à l'horrible tempête,

      Tu maudissais tes assassins ;

Mais au bord de l'abîme, un éclair d'espérance

Ranima ton courage, et tu crias : « La France

» Ne verra pas ainsi s'achever ses destins ! »

II

Regarde donc : — vois-tu marcher vers Notre-Dame
Ce cortège pompeux qui traverse Paris?...
Entends-tu retentir ces cris partis de l'âme?
     Entends cette joie et ces cris ! —
Ton peuple tout entier, échappé des abîmes,
     Acclame deux époux sublimes
     Qui s'avancent vers le saint lieu. —
France, c'est aujourd'hui que dans ta Cathédrale
Ton empereur conduit l'épouse impériale ;
     Ils vont s'unir aux pieds de Dieu.

Entends-tu retentir ces longs cris d'allégresse,...
Ces cris d'un peuple ému saluant son sauveur?
Vois donc comme ce peuple avec amour s'empresse
     Autour de son noble empereur. —
C'est que, lorsqu'il criait au fond du précipice
     Où l'avait entraîné le vice,
     Lorsqu'il maudissait ses bourreaux,

Lui seul a répondu, lui seul brisa sa chaîne.

Suscité par Dieu même, il parut dans l'arène

Et rendit l'aigle à nos drapeaux ! —

III

Courage, ô mon pays! tu vas grandir encore ;

Tu ne peux pas périr, soutenu par son bras.

D'une ère de grandeur tu vois briller l'aurore,

Ta gloire ne périra pas. —

L'Empereur te soutient, et son auguste épouse

De ton bonheur sera jalouse.

La clémence et la charité

Sont les plus beaux joyaux de leur noble couronne.

Avant de le prier de monter sur le trône,

Le pays lui devait gloire et prospérité.

C'est un titre sublime à l'amour de la France,

Et la France toujours saura s'en souvenir. —

Et plus tard, pour combler notre reconnaissance,

Nous en chargerons l'avenir. —

Entrez, Sire, entrez donc dans notre basilique :

La reconnaissance publique

Va vous suivre aux pieds des autels.

Tout un peuple sauvé, jaloux de votre gloire,

Saura prier pour vous le Dieu de la victoire

Qui vous conservera vos lauriers immortels ! —

Qu'il mette votre trône à l'abri de ses ailes,

Qu'il vous accorde un fils, le comble de nos vœux,

Un fils, digne héritier des vertus paternelles,

Pour jouir de l'amour de nos derniers neveux !

Que la France, par vous à la mort échappée,

Se repose sur votre épée ! —

Que l'horrible anarchie et ses monstres divers

Au bruit de votre nom frémissent d'épouvante ;

Et puisse à l'avenir la France triomphante

Grandir sous votre égide et braver les revers ! —

IV

A SA MAJESTÉ L'IMPÉRATRICE.

Permettez que ma voix, quoique bien faible encore,
S'illustre avant le temps en montant jusqu'à vous.
Reine, vous partagez un trône qui s'honore
    D'appartenir à votre époux.
Dans le ciel, votre père aujourd'hui doit sourire,
    Car, resté fidèle à l'empire,
    Le dernier il a combattu
L'étranger dont l'aspect insultait nos murailles. —
Vous sur le trône, et lui sur les champs de batailles,
Vous deviez faire aimer la gloire et la vertu.

Siégez donc sur ce trône où l'Empereur vous place;
Partagez avec lui l'amour de vos sujets.
La France désormais espère en votre race,
Pour soutenir sa gloire et dompter les forfaits.

14

Les arts et le génie au pied de votre trône

    Tresseront seuls votre couronne.

    Vous descendrez de vos grandeurs

Pour relever le faible et pour sécher ses larmes,

Car votre noble cœur trouvera de doux charmes

A rendre l'espérance à tous les grands malheurs.

                    Mars 1853.

LA GUERRE D'ORIENT

A. S. M. L'EMPEREUR NAPOLÉON III

III

« L'empire, c'est la paix ! »

NAPOLÉON III.

I

Oui, c'était bien la paix, la grandeur et la gloire,

Sans l'horrible projet d'un tyran orgueilleux !

A ce noble serment la France avait su croire,

    La France partageait vos vœux.

Mais, puisqu'il le faut, Sire, elle sait crier : « Guerre. »

    Elle ira par toute la terre

    Soutenir le faible et ses droits.

Lorsque vous défendez le malheur, la justice,

Il faut bien que chacun s'arme et vous applaudisse :

L'honneur des anciens preux parle par votre voix. —

Oui, c'est digne de vous, c'est digne de la France,

De s'armer pour défendre un grand peuple opprimé ;

Le ciel compte sur vous pour servir sa vengeance,

    Par son bras vous êtes armé. —

L'Orient compte aussi sur vous, sur votre glaive ;

    Car lorsque la France se lève,

    Lorsqu'on voit flotter son drapeau,

Le monde entier frémit, le monde est dans l'attente.

Oui, l'univers le sait, ce que la France tente,

Est toujours couronné du succès le plus beau. —

II

La France s'est levée, et son glaive étincelle :

Son empereur a su lui montrer son chemin.

A ce vieil Orient qui tremble et qui chancelle,

    Elle a tendu sa noble main ;

Elle saura briser le tyran dans sa route,

    Car le ciel l'aidera sans doute.

La justice est un ferme appui. —
Eh ! que pourraient le czar et son troupeau d'esclaves
Contre le fer vengeur de trois cent mille braves ?
Quand Dieu marche avec eux, n'est-il pas contre lui ?

Car rien n'a pu fléchir sa noire tyrannie ;
Car aux sages conseils Sinope a répondu. —
Eh bien ! qu'on l'abandonne à sa triste folie,
    Qu'il marche, et qu'il soit confondu ! —
Déjà son drapeau flotte au vent de la ruine,
    Et son front coupable s'incline,
    Chargé d'un opprobre éternel. —
Oui, son maudit orgueil le mène au précipice,
Car il faut qu'il succombe ; — autrement pour complice
Il pourrait se vanter de posséder le ciel. —

Le ciel l'a regardé d'un regard de colère.
D'ailleurs, il suit en paix la route des tyrans :

Il voit avec orgueil sa puissance éphémère ;

Il viendra se briser en face de nos rangs. —

Marchons donc, oui marchons, marchons à la victoire :

    Le ciel nous réserve la gloire

    De mettre un terme à ses forfaits. —

Mais quels sont ces drapeaux qui flottent sur nos têtes?

Pourquoi ne marchons-nous plus seuls dans nos conquêtes ?

    Que font là les drapeaux anglais?...

III

Les Anglais, de tous temps les rivaux de la France !

Les Anglais, de tous temps nos plus fiers ennemis ! —

Quel prodige étonnant! Quelle est donc la puissance

    Qui les a rendus nos amis?

Qui donc étouffe ainsi des haines éternelles ?...

    Qui donc, dans ces vieilles querelles,

Trouve les fondements d'une noble amitié ?

Les temps et les malheurs, cimentant cette haine,

N'avaient que mieux rivé les anneaux de sa chaîne.

Oui, c'était une vieille et rude inimitié ! —

Chaque siècle en passant la rendait plus ardente.

Rome et Carthage enfin semblaient revivre en nous.

L'univers se taisait, l'univers, dans l'attente,

Contemplait cette haine et jugeait tous les coups.

Que l'univers regarde : une amitié sublime

    Nous réunit contre le crime.

    Marchant sous le même drapeau,

Nous n'avons qu'un seul cri : « Guerre à la tyrannie! »

Mais qui donc fit cela? quel grand cœur, quel génie

A tant d'inimitié sut creuser un tombeau?...

Ah ! c'est que tout fléchit devant la grandeur d'âme,

C'est que rien ne résiste aux grands élans du cœur ;

Aux chaleureux accents tout cœur d'homme s'enflamme

Et de ses ennemis même on devient vainqueur ! —

Honneur et gloire à vous, Sire ! c'est votre ouvrage :

Oui, c'est là le plus bel hommage

Qu'on puisse vous rendre jamais ! —

Voir ces deux fiers drapeaux s'unir sur notre tête,

Je le jure, c'est là la plus belle conquête

Qu'on puisse jamais faire en guerre comme en paix.

IV

Honneur et gloire à vous ! la France et l'Angleterre

Se tiennent par la main et deviennent deux sœurs.

Reines sur l'Océan et reines sur la terre,

Elles sauront courber tous les vils oppresseurs.

L'univers, protégé par ces reines du monde,

Vivra dans une paix profonde.

Gloire à vous ! la fraternité

Brille aux regards de tous d'une façon sublime ;

Car défendre le faible et terrasser le crime,

C'est être le soutien de toute liberté ! —

Il ne vous suffit pas d'avoir sauvé la France,

D'avoir comblé le gouffre entr'ouvert sous ses pas :

Vous voulez aujourd'hui sauver l'indépendance

D'un peuple qui luttait, mais ne se rendait pas ! —

C'en est assez pour vous qu'un vil tyran l'opprime;

  Oui, c'est assez qu'il soit victime

  Pour que vous lui tendiez la main ! —

Comme un puissant vengeur suscité par Dieu même,

Vous avez pris en mains cette cause suprême,

  Et vous la vengerez demain ! —

Et toi, toi, France ! apprends que ta reconnaissance

N'égalera jamais un aussi grand bienfait. —

Signer avec l'Anglais une noble alliance,

  C'est ce que nul n'a jamais fait. —

Dieu même, disait-on, fomentait cette haine;

  C'était selon la règle humaine.

  Eh bien ! vois et juge aujourd'hui :

Celui qui t'arrêta sur les bords de l'abîme,

De tes vieux ennemis te gagne encor l'estime.

Ah ! France, dis toujours : « Gloire et respect à lui ! »

V

O France! je t'ai vue en tes jours de colère :
Tes flancs ne pouvaient plus contenir ton tonnerre.
Hélas! en sa fureur il éclata sur toi. —
Tes pieds impatients demandaient une arène...
Il faut qu'à l'étranger ton aigle se promène.
Eh bien! tu peux la suivre en son vol qui t'entraîne ;
  Au tyran va dicter la loi ! —

Va lui dire qu'il faut que l'Orient soit libre,
Que de l'Europe il doit respecter l'équilibre. —
Va, ce peuple héroïque attend tes bataillons.
Il te faut des combats et des luttes sublimes :
Va donc porter secours à ces nobles victimes ! —
Non plus pour conquérir, mais pour venger les crimes,
  Fais donc flotter tes pavillons ! —

O France, ô ma patrie, ô toi que mon cœur aime !

Quelle immortalité, quel brillant diadème

Je te vois mériter et ceindre dans ce jour! —

Les conquêtes s'en vont, les empires s'effacent;

Ces gloires, ces lauriers que les puissants entassent,

L'un après l'autre, un jour tous s'éteignent, tous passent :

Mais des peuples reste l'amour. —

Avril 1854.

AU SULTAN ABD-UL-MEDJID

————

CHANT DE GUERRE

————

IV

I

Allons, fiers enfants du Prophète,
Marchons, il faut vaincre ou mourir.
Avec orgueil levons la tête,
Ce n'est pas à nous de frémir. —
C'est à l'insensé, qui nous brave,
De trembler en face de nous ;
Allah l'amène sous nos coups,
Allah ne peut nous voir esclave !

Aux armes, Ottomans ! sur la terre et les eaux
Renversons son armée et brûlons ses vaisseaux !

II

Marchons, brisons la tyrannie,
Préservons Stamboul des tyrans.
Pour sauver l'honneur, la patrie,
Marchons et resserrons nos rangs ! —
Voyez le drapeau de la France,
Voyez-le flotter sur nos fronts ;
Que craignons-nous ? Si nous mourons,
Nous ne mourrons pas sans vengeance ! —

Aux armes, Ottomans ! sur la terre et les eaux
Renversons son armée et brûlons ses vaisseaux !

III

Marchons : la France et l'Angleterre
Sauront courber nos oppresseurs :
Chez tous les peuples de la terre

Nous trouverons des défenseurs.

Notre guerre est sainte et sacrée,

Allah guide nos étendards...

Marchons, et du dernier des czars

Foulons la puissance abhorrée ! —

Aux armes, Ottomans ! sur la terre et les eaux

Renversons son armée et brûlons ses vaisseaux !

IV

Dans nos rangs prenez votre place,

Opprimés de tous les pays !...

Ne formons qu'une seule race,

Marchons contre nos ennemis !

Frères, notre cause est la même,

Et le ciel combattra pour nous.

Dans nos rangs sacrés venez tous ;

Servons la vengeance suprême.

Aux armes, Ottomans ! sur la terre et les eaux

Renversons son armée et brûlons ses vaisseaux !

V

Ah ! que l'amour de la patrie
Ranime et soutienne nos cœurs ! —
Luttons contre la barbarie,
Que les opprimés soient vainqueurs !
Le ciel est juste, et la victoire
Partout guidera nos drapeaux.
Si nous mourons, dans nos tombeaux
Au moins descendons avec gloire ! —

Aux armes, Ottomans ! sur la terre et les eaux
Renversons son armée et brûlons ses vaisseaux ! —

Mai 1854.

A L'EMPEREUR NICOLAS

DEVANT SILISTRY

———◦◦◦———

V

Lorsque le ciel veut perdre un mortel, il commence
Par envoyer vers lui l'orgueil et la démence.

PONSARD.

I

Tu disais, en rêvant aux rives du Bosphore :

« J'y veux placer un jour mon trône impérial;

» Sur ces bords enchantés je veux régner encore. »

Et voilà qu'aveuglé par ton orgueil fatal,

Foulant aux pieds les droits les plus sacrés sur terre,

      Déclarant une injuste guerre,

      Tu te flattes dans ton orgueil

D'arriver à Stamboul sans nulle résistance. —

Insensé! tu comptais sans l'Anglais, sans la France,

Sans Silistry surtout qui t'arrête à son seuil ! —

Tu comptais sans l'amour sacré de la patrie

Qui transforme souvent les faibles en héros,

Car pour briser ton joug, pour fuir ta barbarie,

Vaincus, ils auraient tous su trouver des tombeaux

Ils auraient mieux aimé, plutôt que de se rendre,

Mourir sous leurs remparts en cendre ! —

Mais ils ne succomberont pas. —

Sans craindre, sans trembler ils ont tiré le glaive ;

Puis ils ont dit, voyant l'Europe qui se lève :

« Que jamais à Stamboul il ne porte ses pas ! »

II

Si l'orgueil n'était pas ta plus grande folie,

Et si tu conservais un reste de raison,

En voyant tous les rois blâmer ta tyrannie,

En entendant Napoléon

Qui daignait te parler un langage de frère,

Aussi sublime que sincère,

Ne devais-tu pas t'incliner ?

Et tout en conservant ta dignité royale,

Dis, ne devais-tu pas serrer sa main loyale
Et suivre les conseils qu'il daignait te donner ?...

Mais non, tu restas sourd à toutes les prières :
Ton orgueil méprisa ces conseils généreux,
Et tu ne répondis qu'en passant les frontières. —
Puisque tu l'as voulu, souviens-toi, malheureux,
Que tu réponds du sang versé par ton caprice ;
　　Qu'au ciel il est une justice
　　Inexorable pour les rois !..
Et qu'avant de subir ce châtiment suprême,
Tu courberas ton front sous le juste anathème
De ceux dont ta folie a violé les droits. —

Va, tu n'iras pas loin, car Silistry t'arrête,
Et cependant Français, Anglais ne sont pas là !
Où fuir, où te cacher?... Tu courberas la tête,
Quand tu les entendras s'écrier : « Nous voilà ! »
Tu fuiras devant eux, tu n'auras pas l'audace

D'oser les regarder en face.

    Retourne donc dans tes déserts !

Des amis du Sultan crains le terrible glaive !

De régner à Stamboul si tu fis le doux rêve,

Réveille-toi d'un songe et remporte tes fers ! —

Mais non, tu resteras ; car, frappé de vertige,

Tu marches sans trembler dans ton fatal chemin.

Ton orgueil insensé tient même du prodige,

Aussi notre colère a fait place au dédain. —

Et pourtant par de l'or tu cherches à séduire

Tous ceux que tu ne peux réduire.

    A Sinope la trahison,

A Silistry la ruse, et partout la bassesse :

Ce sont là tes hauts faits !—Oui, sans foi, sans noblesse

Tu n'as fait en tous lieux que dégrader ton nom ! —

Des rois, des empereurs, non, tu n'es plus le frère !

Et, d'ailleurs, ils t'ont mis au ban de l'univers. —

Si ton peuple lui-même osait être sincère,

Il dirait qu'il gémit sous le poids de tes fers ! —

Et ce n'est pas assez, et tu voudrais encore

     Trôner aux rives du Bosphore ?...

     Non, non : de ce rêve insensé

Il ne te reviendra que ruine et que honte.

D'abord, du sang qui coule il faudra rendre compte,

Et peut-être expier ton horrible passé ! —

III

Honneur à Silistry, dont la fière défense

Le force à s'éloigner de ses nobles remparts!

Gloire à son défenseur ! — Mais pourquoi ce silence ?

Pourquoi tous ces guerriers baissent-ils leurs regards ?

Pourquoi ces drapeaux noirs flottant sur les murailles?

     Et pour qui donc ces funérailles?

     Eh quoi ! vous ne répondez pas ?

Vous pleurez tous au lieu de chanter votre gloire;

Vos drapeaux sont en deuil dans un jour de victoire ?
Sans doute d'un héros vous pleurez le trépas. —

Bien, bien, je vous comprends ; versez, versez des larmes :
Que la gloire et l'honneur le suivent au tombeau !
Glorieux sont les chefs qui meurent sous les armes,
En voyant le triomphe illustrer leur drapeau. —
Gloire à Moussa-Pacha, ce défenseur sublime !
    De tous il emporte l'estime,
    Même celle des ennemis. —
Le tyran l'a tenté par l'or et par la ruse ;
Mais que peut tout cela sur l'honneur ? Il refuse,
Et le prouve en allant mourir pour son pays ! —

IV

Regarde, et vois quel est l'amour de la patrie.
Viens, tyran, viens un peu rêver sur ce cercueil.

Vois donc sa grandeur d'âme et vois ta barbarie ;

    Et toi, Silistry, reste en deuil !

Pleure ton défenseur et reste-lui fidèle,

    Car il t'a rendue immortelle. —

Nous ne tarderons pas à courber le géant.

Avant peu le tyran inclinera sa tête

Devant Dieu qui d'un souffle efface une conquête

    Et rend la grandeur au néant. —

                Juin 1854.

A S. M. LA REINE VICTORIA

VI

« Dieu n'a créé aucune chose
en ce monde, ni hommes, ni
bêtes, à qui il n'ait fait quelque
chose son contraire, pour la
tenir en crainte et humilité.
— C'est pourquoi il a fait
France et Angleterre voisi-
nes. »

PHILIPPE DE COMINES.

I

Reine, depuis longtemps deux nations rivales
Du bruit de leurs fureurs remplissaient l'univers.
Dieu même, disait-on, en les créant égales,
Les destinait d'avance à d'éternels revers. —
Car ces deux nations, sans repos et sans trève

     Se menaçant toujours du glaive,

     Ne devaient s'accorder jamais. —
Reines de l'Occident, l'Angleterre et la France
Devaient toujours lutter de puissance à puissance,
Sans jamais un seul jour s'unir et vivre en paix!

Une fois seulement sur les mers, sur la terre,

Le monde a déjà vu flotter leurs deux drapeaux.

Mais, depuis ce temps, Reine, une sanglante guerre

      Divisa ces deux fiers rivaux. —

Que d'horribles malheurs, que de sang, que de larmes!

      Sans jamais déposer les armes,

      Ces deux grands peuples ont vécu. —

Car Richard et Philippe, en sortant de ce monde,

Ne nous avaient légué qu'une haine profonde

Qui nous rongeait le cœur, ou vainqueur ou vaincu.

A chaque page on trouve en l'une et l'autre histoire

Par un plus grand revers un triomphe effacé :

La ruine de l'un, de l'autre fait la gloire;

      C'est là l'histoire du passé ! —

Un triomphe s'efface, hélas ! mais le deuil reste.

      Aussi, dans ce passé funeste

      Ne trouvons-nous que des malheurs.

Oui, Reine, trop longtemps à ces haines cruelles

Ces deux peuples si grands sont demeurés fidèles,

Et nous avons assez de revers et de pleurs. —

II

Mais vous l'avez compris, ô Reine!
Et lorsqu'un grand peuple opprimé
Du czar voulut briser la chaîne;
Quand Napoléon trois, armé,
A cette sainte et juste guerre
Invita la noble Angleterre,
Vous avez accepté la main,
La main que vous tendait la France.
Ah! pour sceller cette alliance,
Triomphons ensemble demain! —

Sauvons le faible qu'on opprime,
Et que du haut de son orgueil
Le tyran roule dans l'abîme! —
Silistry l'arrête à son seuil;
Et bientôt, devant nos armées
A la victoire accoutumées,

Le lâche courbera son front.
Après avoir tiré le glaive,
Il se réveillera d'un rêve
Et n'emportera que l'affront. —

C'est ainsi que par la victoire
Nous serons unis à jamais :
Une fois frères par la gloire,
Nous serons frères par la paix.
Que désormais ces deux rivales,
France, Angleterre soient égales
En grandeur, en prospérité ! —
Et puisque l'honneur les rassemble,
Qu'on les trouve toujours ensemble
Dans la gloire ou l'adversité ! —

III

Gloire à lui, gloire à vous ! car c'est là votre ouvrage.

Vous vous êtes compris dans un sublime élan...
Et l'avenir vous garde un tendre et juste hommage.

    D'abord, le vieux peuple ottoman

Vous devra son honneur, sa fière indépendance;

    Pour nous, notre reconnaissance

    Vivra dans la postérité...

Car les peuples futurs, toujours sages et justes,
Elèvent des autels aux souverains augustes,

    Amis de la fraternité. —

Rien ne dure ici-bas que les œuvres sublimes ;
Rien n'est beau, rien n'est grand que le juste et le bien !
Or, soutenir le faible et terrasser les crimes,
Unir des ennemis par un noble lien,
Sont des œuvres que Dieu bénit et récompense.

    Gloire à vous ! un profond silence

    Couvrira le triste passé. —

On ne s'en souviendra que pour vanter sans cesse
Vos vertus, votre gloire et surtout la sagesse
Qui change en amitié ce courroux insensé. —

. . . .

Quant à ce czar impie, il est vaincu d'avance ;

Il n'aura pas sa proie, et son aigle à deux fronts,

Arrêtée en son vol par Angleterre et France,

Pourra montrer à tous le sceau de deux affronts.

Il n'ira pas plus loin ! — Quand Dieu créa le monde,

Il dit, en assignant des limites à l'onde :

« Ici, tu briseras l'audace de tes flots. »

L'Angleterre et la France, en montrant la frontière,

Peuvent dire au tyran : « Ta tyrannie altière

« Ne viendra pas plus loin, car là sont des héros !

 » Là sont des souverains dont la plus belle gloire

 » Est de se faire aimer en tous lieux et par tous.

 » Là, dans chaque combat on compte une victoire,

 » Car de l'honneur des chefs les soldats sont jaloux !

 » Sujets et souverains n'ont qu'une seule mère,

        » Mais une mère illustre et chère :

 » C'est la patrie ! » Ainsi, qu'il n'espère jamais

Franchir cette limite où l'attendent nos braves !

Jamais les Ottomans ne seront ses esclaves,

Tant qu'ils auront pour eux les Français, les Anglais !

IV

Ah ! Reine, si ce chant mérite vos suffrages,

S'il peut passer la Manche et voler jusqu'à vous ;

Surtout, si vous daignez accepter ces hommages

    Que je dépose à vos genoux ;

Si votre cœur s'émeut à ces vœux d'un poète,

D'un modeste laurier vous parerez sa tête...

    Ce chant vivra dans l'avenir !

On dira que ma voix, à la France inconnue,

Au pied de votre trône est pourtant parvenue ;

Et peut-être à ce prix aurai-je un souvenir.

                Juillet 1854.

A BARBÈS

VII

Devant ces majestés où tant d'amour remonte,
Le fier républicain peut s'incliner sans honte.

VEYRAT.

Depuis Waterloo, nous sommes
les vaincus de l'Europe.

BARBÈS.

I

Oui, depuis Waterloo, nous l'avouons, la France,
La France a tout perdu, grandeur et dignité !
Après avoir perdu sa gloire et sa puissance,

    Elle osa perdre sa fierté ! —

Ce fut le dernier coup. — Comme la vieille Rome,
Elle perdit sa gloire en perdant un seul homme ;

    Elle perdit ce noble orgueil

Qui la fit si longtemps la reine de la terre.
Dans son sein ses enfants entre eux firent la guerre,
Et son front se courba sous la honte et le deuil. —

II

Tu l'as dit, et c'est vrai ; — mais tu rêves sans doute
Un retour de grandeur et de prospérité?
Sois tranquille, la France a retrouvé la route
Qui conduit un grand peuple à la célébrité.
Elle a trouvé surtout un bras qui la dirige,
  Et qui, de prodige en prodige,
  Nous fait avancer chaque jour. —
Oui, la France combat, mais c'est contre le crime ;
Et lorsqu'elle défend une cause sublime,
C'est qu'elle a retrouvé sa force et notre amour.

C'est que nous retrouvons l'amour de la patrie,
C'est que l'aigle aujourd'hui guide notre drapeau.
Quand nous l'aimerons tous avec idolàtrie,
  Ah ! ce jour, ce jour sera beau ! —
Si depuis Waterloo nous sommes peu de chose,
Qu'on n'aille pas plus loin en rechercher la cause !

C'est que dans ce champ malheureux,
On a vu se briser cette divine chaîne
Qui fait d'un peuple un homme ! Alors qu'un chef l'entraîne,
Et ce peuple sera sublime et généreux.

III

Si tu parles ainsi, pense toujours de même :
La main qui te rend libre a sauvé ton pays. —
Viens donc remercier cette bonté suprême
    Qui ne connaît pas d'ennemis. —
Tu dois, tu dois l'aimer, puisqu'il aime la France,
    Et puisqu'il lui rend sa puissance.
    Où serions-nous donc maintenant,
Si Dieu ne l'avait pas placé sur notre route?
Ah ! les Français encor s'égorgeraient sans doute,
Et le czar foulerait le vieux peuple ottoman ?

IV

Mais tout a bien changé de face.
En retrouvant sa dignité,
La France retrouve l'audace. —
Fière de sa prospérité,
Elle s'arme et vole défendre
Un peuple qui, loin de se rendre,
Tout entier aurait su périr ! —
L'Angleterre, notre ennemie,
Nous a tendu sa main amie,
Et nous allons vaincre ou mourir ! —

Entends comme on parle de gloire,
D'honneur, de vertu, de combats. —
Le ciel nous garde la victoire,
Car il sait trop où vont nos pas. —
Nous allons terrasser le crime
Et lui dérober sa victime.

Déjà, déjà, comme autrefois,

L'airain des tours de Notre-Dame

A fait palpiter plus d'une âme,

En nous annonçant nos exploits ! —

Oui, puisqu'on a tiré l'épée,

Il faut qu'elle rentre au fourreau

Glorieuse et de sang trempée !

Sois tranquille, notre drapeau,

Comme celui de l'Angleterre,

Ne reviendra de cette guerre

Que brillant de gloire et d'honneur !

Puis, quand nous aurons fait justice

Du tyran et de son caprice,

Nous trouverons paix et bonheur. —

. . . .

. . . .

. . . .

Eh bien ! sois-en témoin, puisqu'il t'a rendu libre.

Gloire et respect à lui ! car il nous a sauvés,

Car, seul, son bras puissant tient tout en équilibre,

Car, de la mort peut-être il nous a préservés.

Viens donc, viens partager notre reconnaissance :

    Plus de haine ni de vengeance,

    Unissons-nous dans notre amour.

Oh ! oui, travaillons tous au bien de la patrie ;

Aimons-la désormais avec idolâtrie. —

Après tant de malheurs, que la gloire ait son jour !

V

« Devant ces majestés où tant d'amour remonte,

» Le fier républicain peut s'incliner sans honte. »

Ces mots sont d'un proscrit, plus à plaindre que toi,

    Qui revint aux pieds de son roi,

Après un long exil implorer sa clémence. —

    Regarde, et vois la différence :

    Sa clémence vint te trouver...

« Qu'il soit libre, a-t-il dit, puisqu'il aime la France ! »

Sois digne de ces mots, comble notre espérance,

Car nous espérons tous que tu vas le prouver. —

Oui, tu le prouveras. — La France te regarde,

Et tu dois par l'amour répondre à la bonté.

Ne sois pas le vaincu dans ce combat ; prends garde

    Et dompte une fausse fierté ! —

Il est beau de répondre au cri d'une grande âme !

    Il est beau, lorsqu'un cœur s'enflamme

    Au feu d'une belle action !

Eh bien ! montre-nous donc ce spectacle sublime,

Et que justifier une si haute estime

    Soit ta plus grande ambition ! —

                Octobre 1854.

A S. M. L'EMPEREUR NAPOLÉON III

———◆———

VIII

Il en est de la clémence comme du bon grain dont parle l'Evangile. Il faut bien s'attendre à ce que quelques parcelles tomberont dans des terrains stériles et ne porteront aucun fruit.

L. LENORMAND.

Sire, votre grand cœur se trompait sur cet homme :
S'il eût aimé la France, il vous aurait aimé. —
Un vrai républicain de la Grèce ou de Rome
Par cet acte sublime eût été désarmé.
Sire, pardonnez-lui, car il est en démence ;

      Gardez, gardez votre clémence

      Pour d'autres qui la comprendront. —

La France l'a jugé ; la France vous admire ,
Lorsqu'elle le maudit, car votre bonté, Sire,
A flétri l'insolent d'un éternel affront. —

                       Octobre 1854.

EPILOGUE

IX

I

Ainsi, de mon pays je pleurais les misères,

Maudissant les forfaits et plaignant l'innocent,

Et je sentais parfois bouillonner mes colères. —

       Alors, mon courroux, impuissant,

Pour s'échapper, hélas ! ne trouvait que ma lyre.

       Qu'importe! si le ciel m'inspire,

       Je saurai suivre mon chemin.

Oui, j'irai sans trembler combattre dans la lice,

Eveiller dans les cœurs la pitié, la justice,

       Aux malheureux tendre la main ! —

Je me plais à fouler une aussi noble arène,

A raviver l'espoir dans un cœur abattu,

A lancer aux méchants tous les traits de ma haine,

    A protéger l'humble vertu. —

C'est ainsi que mes jours passent dans l e silence.

    Quand le son de mon luth s'élance,

    J'attaque tous les attentats.

Embrassant du regard tous les peuples du monde,

Je plains ou je maudis ; dans une paix profonde,

    Je plane sur tous les Etats. —

Oh ! c'est que la vertu réside dans mon âme,

Et c'est que malgré moi je plains tous les malheurs !

Après avoir maudit une action infâme,

    Souvent je vais verser des pleurs. —

Ah ! combien j'ai souffert en voyant ma patrie,

    Triste, déchirée et flétrie :

    De larmes mouillant son drapeau,

J'ai rappelé ses jours de grandeur et de gloire,

Et j'ai frémi souvent, craignant que son histoire

    Ne vienne à trouver un tombeau ! —

II

Partez donc, ô mes chants! et qu'on daigne vous lire.
La France ne doit pas oublier ses revers :
Et pour se préserver des maux qu'elle a soufferts,
Elle doit méditer ce que j'ai pu lui dire.

. . . .

. . . .

Gloire à Napoléon! car c'est lui, c'est son bras
Qui l'arrêta soudain sur les bords de l'abîme.
Aux yeux du monde entier ne soyons pas ingrats :
        Puisqu'il a terrassé le crime,
Puisqu'il nous a rendu gloire et prospérité,
Ah! qu'il jouisse au moins des fruits de son ouvrage!
Au premier nous devons notre immortalité ;
Mais nous devrons à lui le calme après l'orage,
La gloire dans la paix et dans la liberté! —

III

Relis cette funèbre page, —
France, donne au moins un hommage,
Une larme à ceux qui sont morts.
Pourquoi donc oublier si vite?...
Si tu n'as pas eu de remords,
Ah ! qu'au moins ton grand cœur palpite,
En songeant à chaque martyr !
Oui, donne-leur un souvenir,
Une larme, et qu'à l'avenir,
Loin d'oublier ainsi, la France
Montre plus de reconnaissance !
En maudissant tes oppresseurs,
Songe au moins à tes défenseurs.
Déplore tes jours de misères,
Sois grande et belle désormais,
Et garde tes grandes colères
Pour maudire les grands forfaits. —

IV

Partez donc, ô mes chants!—Puisse-t-on vous sourire,
Et puissiez-vous trouver un favorable accueil !
Car j'ai vécu dans l'ombre aux accords de ma lyre;
Oui, j'ai vécu longtemps dans les pleurs et le deuil.

. . . .
. . . .
. . . .

Hélas ! quand la patrie errait au gré des crimes,
Liberté, j'invoquais ton nom. — Dans nos revers,
J'oubliais les bourreaux pour plaindre les victimes.
  Au pied de tes autels déserts,
Seul, je venais, alors le front dans la poussière,
  T'adresser mon humble prière.
  Seul, je savais maudire encor ;
Seul, ô France ! j'osais tout haut plaindre ton sort.

O mes chants ! puissiez-vous faire aimer la patrie ;
A mes frères, rendez l'amour de leur pays.
Que de tous ses enfants la France soit chérie !
    Que la France dans tous ses fils
Retrouve des soutiens ! — Que la paix et la gloire
    Aux pages de sa noble histoire
Inscrivent désormais des faits encor plus beaux !
Mes vœux seront comblés, ma nuit sera moins sombre,
Et, fier d'un juste orgueil, je verrai dans mon ombre
    La gloire suivre nos drapeaux. —

V

On me retrouvera quand viendra l'infortune. —
J'ai de la haine encore et du courroux au cœur ;
Et les méchants peut-être, à ma voix importune,
    Pâliront encor de terreur. —
Partez donc, ô mes chants ! et cherchez votre proie :

Aux malheureux rendez la joie,

Aux coupables le repentir.

Allez dire aux tyrans que leur puissance tombe,

Et que nous, nous aidons à leur creuser leur tombe,

Tant qu'il nous reste un seul soupir ! —

Novembre 1854.

FIN.

NOTES

———

LIVRE PREMIER

A CHATEAUBRIAND. — ODE IV.

I

Page 34.

Dors donc selon tes vœux sur ton lointain rivage.

On sait que M. de Châteaubriand a voulu avoir son tombeau au bord de la mer, près de Saint-Malo.

LA MORT DE MONSEIGNEUR DENIS-AFFRE. — ODE VI.

II

Page 49.

Une vierge autrefois a sauvé ta patrie.

Jeanne-d'Arc.

LIVRE DEUXIÈME

WILLIAM SHAKSPEARE. — FRAGMENTS DRAMATIQUES.

III

Page 73.

Il me faut par ce drame illustrer ma vengeance.

J'ai trouvé dans une biographie de Shakspeare l'histoire de cet amour ou plutôt de cette grande dou-leur, au creuset de laquelle son génie s'est sans doute épuré et agrandi. — En allant au fond de cette histoire douloureuse, j'ai cru y trouver la cause première d'*Othello.* — Il m'a semblé que, blessé dans son orgueil ou plutôt dans sa dignité, il avait voulu dire aux lords d'Angleterre ce qu'Othello dit aux patriciens de Venise. — Si je ne me suis pas trompé, il a trouvé là une illustre vengeance. Et d'ailleurs cela est possible. — *L'*homme de bien se venge par une belle action, et le grand poète se venge par un chef-d'œuvre.

LIVRE QUATRIÈME

LES FILS DE CHARLES-QUINT. — ACTE IV.

IV

Page 188.

Au couvent de Marie, ah! laissez-moi passer.

Il s'agit de Marie de Mendoza, fiancée de don Juan d'Autriche. — Au second acte, Philippe II, craignant la postérité de son frère, la fit renfermer dans un couvent, quoiqu'elle fût sur le point d'être mère.

LIVRE CINQUIÈME

A L'EMPEREUR NICOLAS. — ODE V.

V

Page 229.

Siltisry, écrit ainsi pour le faire entrer dans le vers.
— Qu'on nous pardonne cette licence.

A S. M. LA REINE VICTORIA. — ODE VI.

VI

Page 247.

Ah ! Reine, si ce chant mérite vos suffrages.

Sa Majesté la Reine Victoria a daigné remercier l'auteur de ces vœux qu'il forme pour l'éternelle union des deux peuples.

A BARBÈS. — ODE VII.

VII

Page 256.

Devant ces majestés où tant d'amour remonte,
Le fier républicain peut s'incliner sans honte.

Ces vers sont de Pierre Veyrat, natif des environs

de Chambéry, sujet du roi Charles-Albert ; — il vécut sept ans dans l'exil, loin de cette Savoie qu'il aimait tant. — En France, on le connaît à peine, et pourtant c'est un grand poète. S'il eût vécu, il brillerait sans doute aujourd'hui au premier rang.

Il n'a laissé qu'un volume de vers intitulé : *La Coupe de l'Exil,* et composé d'odes et de poèmes exprimant d'une façon parfois sublime, mais toujours déchirante, les tourments qu'il éprouvait loin de sa terre natale. Les malheurs de ce jeune poète, mort à vingt-neuf ans, m'ont ému si profondément, que je n'ai pu résister au désir de lui donner ici un juste tribut d'admiration et de pitié. — Il dort dans la tombe, hélas ! et peu lui importe. Mais je crois remplir un devoir en parlant ainsi de lui, puisque le hasard m'a fait prononcer son nom.

On peut juger de la force de son talent et de la grandeur de son infortune par les strophes suivantes de la première ode de son livre. — Il parle à Dieu ; il lui dit :

Tu m'as traîné sept ans sur la terre étrangère,
Et sept ans j'ai mangé le pain des pèlerins.

La terre du sépulcre eût été plus légère

Que l'air de l'exil à mes reins.

Tu me traitas comme un génie,

Tu m'abreuvas de calomnie,

Et tu me fis marcher par les plus durs chemins.

De la coupe d'exil j'ai bu jusqu'à la lie.

De quel fiel inconnu l'avais-tu donc remplie

Avant de la mettre en mes mains?

Tous mes amis sont morts dans ce pèlerinage,

Tous tombés dans la tombe, hélas! ou dans l'oubli;

Ils ont tous naufragé sur la mer où je nage,

Sans laisser sur l'onde un seul pli. —

Lorsque le destin moins sévère

Me ramena chez mon vieux père!

Le seuil de la maison se ferma devant moi;

Les valets insolents, à l'audace impunie,

Me jetèrent de loin leur brutale ironie,

Et j'ai souffert cela pour toi!

Du champ de mes aïeux qu'avait laissé mon père,

Un héritier avide a dévoré ma part,

Et j'ai vu se mouiller des larmes de ma mère

Et mon retour et mon départ. —

J'ai vu mon bonheur en ruines

Et j'ai pleuré sur les collines

Où mon aïeul avait planté ses pavillons.

Pour l'oppresseur des miens, dans ma douleur insigne,

Seigneur, j'ai vu mûrir le raisin de ma vigne

Et le froment de mes sillons.

Ah! si ce n'est assez de ces grandes épreuves,

Pour m'élever à toi sur ton divin Thabor,

Fais entendre ta voix, et dis-moi sur quels fleuves

Je dois aller pleurer encor?

Sur les saules de quelle rive

Je pendrai ma harpe plaintive;

Sur quels tombeaux chéris j'irai m'agenouiller?

L'exil n'a pas tari mes brûlantes paupières.

Seigneur, j'ai des genoux pour en user les pierres

Et des larmes pour les mouiller. —

Après sept ans d'exil, il ne put résister au désir de revoir sa patrie. — Il acheva son livre et le termina

par une épître au roi Charles-Albert. — C'est là où il -
lui dit :

> Devant ces majestés où tant d'amour remonte,
> Le fier républicain peut s'incliner sans honte.
> Sire, je m'humilie ! —

Charles-Albert fut heureux de pardonner. Mais le
malheureux jeune homme portait la mort dans son
sein. Il mourut peu de temps après. Ce qu'il y a de plus
cruel, c'est qu'il mourut comme il avait vécu, c'est-
à-dire ignoré, inconnu.

Un jour, à Chambéry, son livre s'offrit à mes regards. Je le lus et je pleurai. Je demandai quel était
ce poète si grand et si malheureux ? On me raconta
cette triste histoire, et aujourd'hui je la raconte à
mon tour. Trop heureux si ma voix pouvait éveiller
un peu de pitié pour ses malheurs et d'admiration
pour ses vers, si beaux qu'ils font pleurer.

FIN DES NOTES.

TABLE

LIVRE PREMIER — 1848-1849

LIVRE TROISIÈME — 1852-1854

LIVRE QUATRIÈME

LES FILS DE CHARLES-QUINT

DRAME HISTORIQUE

EN CINQ ACTES ET EN VERS.

LIVRE CINQUIÈME — 1852-1854

FIN DE LA TABLE.